DIE HERAUSGEBERINNEN:

Magda Birkmann ist seit ihrer Jugend begeisterte Schatzsucherin in Bibliotheken, Antiquariaten und auf Bücherflohmärkten, seit 2018 teilt sie diese Begeisterung für Literatur als Buchhändlerin in der Berliner Buchhandlung Ocelot und als freiberufliche Literaturvermittlerin auch regelmäßig mit der Öffentlichkeit. Magda Birkmann ist Mitglied der Jury für den Deutschen Buchpreis 2024.

Nicole Seifert ist gelernte Verlagsbuchhändlerin und promovierte Literaturwissenschaftlerin. Sie lebt in Hamburg und arbeitet frei als Autorin, Übersetzerin und Literaturkritikerin. 2021 erschien bei Kiepenheuer & Witsch ihr Buch *FRAUEN LITERATUR. Abgewertet, vergessen, wiederentdeckt*, 2024 folgte *«Einige Herren sagten etwas dazu». Die Autorinnen der Gruppe 47*.

Katrin Holland
Man spricht über Jacqueline

ROMAN

Herausgegeben
von Magda Birkmann
und Nicole Seifert

ROWOHLT TASCHENBUCH VERLAG

Die Erstausgabe dieses Romans erschien
1930 bei Ullstein AG, Berlin.

Der vorliegende Text folgt der Erstauflage von 1930.
Offensichtliche Fehler wurden stillschweigend korrigiert,
und der Text wurde mit wenigen Ausnahmen in die neue
Rechtschreibung übertragen.
Jeder Text ist in seinem sprachlichen sowie historischen
Kontext zu betrachten. Für diese Ausgabe wurden zum
Zeitpunkt der Entstehung des Romans gewählte, heute als
abwertend wahrgenommene Bezeichnungen für Schwarze
Menschen und Sinti:zze und Rom:nja überwiegend mit *
unkenntlich gemacht, um sie nicht zu reproduzieren.

Neuausgabe
Veröffentlicht im Rowohlt Taschenbuch Verlag,
Hamburg, Dezember 2024
Copyright © 2024 by Rowohlt Verlag GmbH, Hamburg
Copyright © 1930 by Ullstein AG, Berlin
Auch mit gründlicher, weltweiter Recherche ist es dem
Verlag nicht gelungen, einen Rechtsnachfolger der
Autorin ausfindig zu machen. Weiterführende Hinweise
nimmt der Verlag gerne entgegen.
Die Nutzung unserer Werke für Text- und Data-Mining
im Sinne von § 44b UrhG behalten wir uns explizit vor.
Covergestaltung FAVORITBUERO, München
Coverabbildung Shutterstock
Satz aus der Joanna Nova
bei Pinkuin Satz und Datentechnik, Berlin
Druck und Bindung CPI books GmbH, Leck
ISBN 978-3-499-01601-1

Für Maria Loewengard

Erster Teil

1

Als Lionel Clark nach Jacqueline Mamroth fragte, gab ihm der Portier ihres Hotels den Bescheid, dass sie abgereist sei.

«Nichts hinterlassen?», fragte er, bemüht, seine grenzenlose Bestürzung zu verbergen.

«Einen Augenblick, bitte.»

Dann händigte man ihm ein Kuvert aus. Er riss es auf.

«Bei Waddington werden Jagden geritten. Ade! Jack.»

Lionel las diesen Brief in der Halle. Sehr langsam ging er durch das Vestibül hinaus auf die Straße.

Anfang November. Leichter, zarter Nebel in der Luft. Herbstlaub an den Bäumen. Er hatte sich so sehr darauf gefreut, mit Jack im Bois spazieren zu laufen – nun war sie fort, so plötzlich auf und davon. Waddington hatte die letzte Jagd dieser Saison angesetzt, das genügte, sie ihm fortzunehmen.

Reiten ging ihr über alles. Er musste sich eben abfinden. Was blieb ihm auch anderes übrig?

Er zog den weißen Bogen aus der Rocktasche und las noch einmal die wenigen Zeilen, die auf der großen unbeschriebenen Fläche des Papiers doppelt deprimierend wirkten.

Kein Wort davon, ob und wann sie wiederkommen würde. Nicht die leiseste Andeutung eines Trostes. Ade. Einfach ade. So war Jack. Sie tat immer das, was ihr gerade einfiel. Leute, die ihr nicht näherstanden, fanden es amüsant, ihr sprunghaftes Handeln zu beobachten, aber für Menschen, die sie liebten, war es furchtbar, ganz einfach furchtbar. Man konnte nie, in keiner Situation mit ihr rechnen. Langsam zerriss er den Brief und steckte mechanisch die Schnipsel in seine Hosentasche zurück. Noch war es so warm, dass man ohne Mantel gehen konnte. Ein göttlicher Herbst, dieses Jahr! Und Jack war fort. Wahrscheinlich schlief sie jetzt ruhig im Zuge Paris–Calais, morgen würde sie in London sein – im Sattel sitzen und ihn, Lionel Clark, absolut vergessen haben.

Schrecklich, dass man Jack nie festhalten konnte. Sie sagte öfters sehr süße Dinge, über die man jedoch gar nicht richtig froh sein konnte. Man wusste zu genau, dass sie nur in diesem einen Moment galten, eine einzige, kleine Minute wahr, echt und fassbar waren und schon in der nächsten Sekunde vergessen und unwirklich in das merkwürdige Labyrinth ihres Wesens untertauchen konnten.

«Hab ich das gesagt? So?! Wirklich? Ach so, gestern. Aber was willst du denn eigentlich, das ist doch längst passé. Gestern!»

Oder noch schlimmer.

«Was ich heute Morgen sagte, gilt doch nicht mehr für den Nachmittag.»

Vorhaltungen, Vorwürfe, Schelten nützten nichts. Jack verstand es, einen so verwundert anzusehen, dass man sich ganz dumm vorkam. Das war es eben. Man fühlte sich ihr gegenüber hilflos.

«Aber um Gottes willen, ich kann doch jetzt wirklich nicht wissen, was ich in der nächsten Minute möchte, verstehst du das nicht, Liebling? Wenn ich mich jetzt mit dir für morgen verabrede und nun morgen gar keine Lust habe, dich zu sehen und dich sitzen lasse, ist es doch viel schlimmer, als wenn ich sage, ich weiß noch nicht.»

Es galt eben, diese eine kleine, kurze Minute abzupassen und auszunutzen, wenn man zu etwas kommen wollte. Das war verdammt schwer, da man nie wissen konnte, was der nächste Augenblick für ein Gesicht haben würde.

Dabei war Jack nicht herzlos, vielleicht launenhaft, unerzogen und mutwillig, wenn es ihr Spaß machte, aber nie niederträchtig. Sie war jung und immer auf dem «Qui vive».

Jack war anstrengend. Schrecklich enervierend. Man hielt ihr Tempo einfach nicht durch.

Er, Lionel, verstand Jack nicht, und er wusste es auch, dass er sie nie verstehen würde, ihr nie folgen und sie niemals festhalten konnte.

Aber er liebte Jack, und er litt darunter, dass sie fort war, so unerwartet und plötzlich auf und davon, wie sie vorgestern genau so überraschend und unerwartet in seiner kleinen Wohnung aufgetaucht war.

Ihre Worte fielen ihm ein, die sie schon an der Tür gesagt hatte. Mit einem kleinen wehmütigen Gefühl wiederholte er den Satz, der ihn so froh gemacht hatte.

«Wir werden einen herrlichen Monat in Paris verleben, Lionel. Wir werden uns sehr viel Mühe geben, uns zu amüsieren, dann fahren wir an die Riviera, ja? Ich freue mich auf diese Zeit!»

Wenn er ganz ehrlich sein sollte, musste er gestehen, dass er im tiefsten Grunde seines Herzens nie an das Glück geglaubt hatte, vier Wochen lang in Jacks bezaubernder, anstrengender Nähe leben zu dürfen, aber er hatte sich unbändig gefreut, und jetzt – war sie fort, nach zwei Tagen schon fort – und niemand, am allerwenigsten Jack, wusste, wann und ob sie sich wiedersehen würden.

2

Vielleicht war Jacks Erziehung an ihrer Launenhaftigkeit schuld.

Die ersten Jahre ihrer Kindheit verlebte sie in einer sehr strengen, kleinen Pension. Da die Besitzerin von Jacks entzückenden jungen Mutter, einer Pariserin comme il faut, den denkbar schlechtesten Eindruck erhalten hatte, wie etwa von einem «gefallenen Mädchen» mit viel Geld, hielt sie die kleine Jack wie einen Hund an der Kette.

Jack wurde in Paris geboren und nach ihrer Mutter Jacqueline genannt. Ihr Vater war ein Deutscher mit der ganzen sentimentalen Veranlagung seiner Rasse und der ewigen Sehnsucht zu reisen.

Jacqueline – die Mutter – war eben siebzehn Jahre, als sie Peter Mamroth heiratete, einen jungen Kunsthistoriker in sehr glücklichen pekuniären Verhältnissen. Seit jenem Tage begann für sie ein Z*leben. In der ganzen Welt trieben sie sich herum, überall und nirgends zu Hause.

Jack kam ganz aus Versehen auf die Welt. Sie tat ihren ersten Schrei in einem pompösen Hotelzimmer in Paris. Aber Babys gehören eigentlich nicht in Hotels, und auf Reisen sind sie unbequem. Dazu war ihre Mutter eine lebenslustige Frau, die nach Jacks Geburt erlöst und glücklich mit alter Elastizität ihr früheres Leben aufnahm und wieder vollkommen davon ausgefüllt wurde, Peter Mamroths kleiner Freund und unermüdlicher Reisekamerad zu sein. Unter Muttergefühlen litt sie nicht im Geringsten. Sie fühlte sich weder verantwortlich noch verpflichtet, für dieses neue kleine Wesen da zu sein. Im Gegenteil, sie war selber davon überrascht, ein Kind zu haben. So brachte sie Jack vier Wochen nach der Geburt in die Pension, wo das Kind fast neun Jahre blieb.

Drei Jahre später kam June auf die Welt. Zu dieser Zeit befand sich das Ehepaar Mamroth in London, wo Peter für das freudige Ereignis, das gerade in die Season fiel, ein kleines Haus in Chelsea kaufte. Aber es wurde kein freudiges Ereignis. Die unermüdlichen, anstrengenden Reisen hatten die große Jack aufgerieben. Weder sie selber noch ihr Mann waren je darauf gekommen, auf sie Rücksicht zu nehmen, und June, die man so nannte, weil man gerade in einem köstlichen Juni in England weilte, trug Schuld daran, dass Jacqueline zehn Tage später an einem wunderschönen Frühlingsmorgen sterben musste.

Peter Mamroth hätte das neue Baby vor Schmerz und Zorn am liebsten mit beiden Händen erwürgt. Aber was er tat, war beinahe noch schlimmer, er packte sein Suitcase, und ohne jemand ein Wort zu sagen, lief er davon.

Natürlich gab es in dem ungeordneten kleinen Haushalt keine Pflegerin. Erst als der Arzt seine Visite machte, fand er die tote Mutter und ein blau geschrienes kleines Etwas.

Verwandte nahmen sich Junes an. Fünf Jahre lang schien es unmöglich, Peter Mamroths Adresse aufzutreiben. Dann griff die Polizei ein, und man verlangte, dass er sich um die Kinder kümmerte. Aber er hatte gar keine Lust dazu. Er hasste die beiden kleinen Mädchen. Stillschweigend zahlte er die bisher entstandenen Erziehungskosten und ordnete an, dass die Schwestern in ein französisches Kloster übersiedeln sollten.

Jack war neun, June sechs Jahre, als sie erfuhren, dass sie verwandt waren, und in einem dunklen, trüben Klostergang Bekanntschaft schlossen.

Es war einfach Bequemlichkeit von Peter Mamroth, dass er befahl, sie bis zur Mündigkeit hierzulassen. So wusste er wenigstens, dass sie gut aufgehoben waren, und um unnötige Scherereien und Briefe zu vermeiden, deponierte er eine Summe für ihre Erziehung auf der Bank und erteilte einer frommen Schwester für dieses Geld Vollmacht.

Abgeschlossen von der Welt und fremd jeder Liebe wuchsen Jack und June heran. Einige Jahre später teilte man ihnen mit, dass ihr Vater gestorben sei, aber das rief weiter keine Veränderung in ihrem strengen, trostlosen Leben hervor.

Als Jack großjährig wurde, trat June zugleich mit ihr aus dem Kloster aus. June fuhr nach Berlin, um dort Geschichte zu studieren. Jack sagte ihr lachend Lebewohl, ließ sich ein Konto anlegen und fuhr in die Welt hinein. Ab und zu tauchte sie bei June auf, die sie innig liebte. Sonst wusste niemand etwas von ihr. Das heißt, man wusste natürlich allerhand. Jack war zu schön, um unbemerkt zu bleiben, der Scharm ihres Wesens zog die Leute an, und das Vermögen, das hinter ihr stand, verfehlte nicht seinen gewissen Reiz.

Bald kannte man sie in London, Paris, Berlin, an der Riviera, in allen großen, eleganten Badeorten und auf allen Sportplätzen und Spielsälen als eins der entzückendsten jungen Mädchen, das – – –

Jetzt war Jack zweiundzwanzig Jahre.

Und was sie in diesem einen Jahr ihrer neuen Freiheit angestellt hatte, ging auf keine Kuhhaut. Jeder wusste etwas, niemand alles. Aber dieses «Etwas» genügte natürlich, um Jack in einen gewissen Ruf zu bringen, sie in eine bestimmte Kategorie junger moderner Frauen einzureihen – und Jack – Jack war riesig stolz darauf.

3

Als der Kellner im Wagen die Platzkarten für die Mahlzeiten verteilte, wählte Jack, die großen Hunger hatte, die erste Serie. Später ärgerte sie sich darüber. Denn kaum hatte sie ihre Zigarette zu Ende geraucht, als man sie schon höflich aufforderte, den Speisewagen zu verlassen, um Platz für die nach ihr Kommenden zu schaffen. Unwillig steckte sie ihr Etui in die Tasche und erhob sich.

Als sie durch den schmalen Gang zwischen den Tischen balancierte, sahen ihr alle nach. Ihr Gang, was bei Frauen äußerst selten ist, war absolut ungekünstelt und wirkte gerade darum in seiner unbewussten Natürlichkeit auffallend und geheimnisvoll.

Jack zog den hellen Kamelhaarmantel enger um die Schultern und lief unbekümmert Spießruten. Sie war es gewohnt, dass Leute ihr nachsahen und Bemerkungen machten, und sie war jung genug, um sich darüber zu freuen. Im Gang glitt ihr der schmale blaue Kaschmirschal vom Hals. Sie bückte sich hastig, um ihn aufzuheben. Wie alle jungen Frauen ihrer modernen Generation liebte sie bunte, seidene Tüchlein und wollene Schals. Dabei entfiel ihr ihre Tasche. Lippenstift, Puderdöschen, Notizbuch, Bleistift und Visitenkarten rollten um sie herum.

Sie kniete verärgert nieder. Sie war nicht ganz frei

von dem Aberglauben, mit dem sich auch die modernen Menschen das Leben gern erschweren, und darum dachte sie, hoffentlich ist der Spiegel nicht zerbrochen.

Sie atmete erleichtert auf, als sie feststellen konnte, dass er unversehrt war. Mit einem plötzlichen Ruck erhob sie sich und prallte an die Schulter eines Mannes.

«Pardon», sagten beide gleichzeitig.

Jack hob die Augen. Einen Augenblick lang sah sie ein Gesicht.

«Pardon», sagte der Mann noch einmal, ehe er weiterging. Jack wandte sich und starrte ihm nach.

Erst als jemand neben ihr bat, «Gestatten Sie», wich sie beiseite und wachte aus ihrer Verzauberung auf. Sie fuhr sich mit der Hand über die Augen. «Oh», machte sie, «oh» und suchte langsam ihr Abteil auf.

Während Jack in ihrem Kupee saß und sich puderte, verwünschte sie inbrünstig ihren Hunger. Wäre sie doch im Speisewagen!

Erst nach einer guten halben Stunde trat sie auf den Gang. Sie zündete eine Zigarette an und ließ das Fenster herunter.

Als sie die Leute anstießen, die vom Essen zurückkamen, schob sie sich mit ihnen durch die verschiedenen Wagen und spähte indiskret und neugierig in jedes Kupee. Aber nirgends entdeckte sie den Mann, dessen kurze Berührung sie so wundervoll hatte erbeben lassen.

Sie blieb auf den schwankenden Verbindungsbrettern stehen und zitterte gelöst mit dem Schaukeln der Bahn.

Ihr Herz schlug in einem unregelmäßigen Rhythmus manchmal schnell, manchmal langsam. Sie ging zurück in ihren Wagen, knüpfte mit einer vorübergehenden Toilettenfrau ein langes Gespräch an, um unauffälliger auf dem Gang zu bleiben. Dann stellte sie sich wieder vor ihr Abteil und steckte den Kopf aus dem Fenster. Der Zugwind spielte mit ihrem kurzen, sehr weichen Haar und blies ihr die Zigarette aus der Hand.

Jemand kam vorbei und redete sie, von ihren schönen langen Beinen bezaubert, an. Und wie alle Leute, die nicht vorgestellt sind, sprach er über das Wetter und die Unbequemlichkeiten einer Reise. Jacks Wesen war freundlich, aber zu Fremden war sie immer besonders entgegenkommend. Alles Fremde und Neue zog sie an. Sie war ein großes Kind, das fremde Leute so behandelte wie fest verschnürte Kartons. Sie öffnete sie, packte sie sorgsam aus, nahm, was ihr gefiel, und warf das andere zurück, achtlos und unordentlich.

So war es ihre Schuld, dass manches verloren ging und die fremden Leute nachher sehr selten sich allein wieder zurechtfinden konnten.

Aber natürlich wussten sie nicht, dass Jack so gefährlich und unordentlich war und so vollkommen rücksichtslos. Sie ließen sich unbedacht von ihren hellen Augen fesseln, sie entzückten sich an ihrer knabenhaften Figur, an dem zarten Bau ihrer Glieder und verliebten sich besinnungslos in das schöne junge Oval ihres Gesichts.

Aber an diesem Abend war Jack so liebenswürdig zu diesem fremden jungen Mann, der nach etwas Bier roch, dass auch andere junge Männer den Mut fanden, sich in das Gespräch zu mischen.

Bald war der schmale wippende Gang so verstaut von dem kleinen Kreis um sie, dass es Jack ganz entging, wie ein großer dunkelhaariger Mann etwas ärgerlich seine bereits verdunkelte Tür aufschob, herausschaute und schnell wieder schloss.

4

Es stürmte und regnete in Calais, und es hieß, der Kanal sei zu unruhig und die Überfahrt müsse verschoben werden.

Jack saß hinter der Sperre auf ihrem Koffer und ärgerte sich über den Wind und den Regen, der sie vielleicht verspätet zur Jagd kommen ließ.

Aber dann fuhr man doch.

Das Schiff schaukelte und schaukelte. Über der Reling hingen die Menschen wie grüne und gelbe Mehlsäcke und verfluchten die großen Wellen, indem sie sie anspuckten.

Zum ersten Mal in ihrem Leben verspürte auch Jack ein komisches Gefühl in ihrer Magengegend. Sie erschrak. «Nur schnell etwas essen», dachte sie, «sonst –.»

Sie stieg die Treppe zum Speisesaal hinauf und fand einen freien Tisch an einem Bullauge. Sie setzte sich und bestellte Kaffee und heiße Würstchen. Jack hatte eine Vorliebe für heiße Würstchen. Sie bestellte sie immer, sobald sie allein war, denn ihre Bekannten lachten sie aus und neckten sie mit ihrem ordinären Geschmack. Und Jack gehörte zu den Frauen, die es nicht vertragen können, ausgelacht zu werden, obwohl sie selber herzlich gern andere Leute auslachte. Aber sehr viele, sehr empfindliche Menschen verstehen es gar nicht, auf die

Empfindlichkeiten anderer Leute Rücksicht zu nehmen. Vielleicht, weil sie zu viel mit ihren eigenen zu tun haben.

Der Kaffee kam und war wie alle Kaffees, die man in England auf seinen Reisen bekommt, abscheulich. Außerdem verstärkte er nur noch das ekelhafte schwindelige Gefühl im Magen. Jack hielt krampfhaft die Luft an, als sie auf einmal drei Tische weiter den Mann entdeckte, den sie so lange im Zug gesucht hatte.

Aber in demselben Augenblick, als sie ihn sah, streikte ihr Magen. Und Jack wusste, dass es nur noch eine Frage von Minuten sein konnte, bevor auch sie auf eine höchst peinliche Art die Wellen des aufgepeitschten Kanals verfluchen musste.

Das hier vor allen Leuten, womöglich vor seinen Augen. – – –

Sie sprang hastig auf, warf fünf Schilling auf den Tisch, rannte hinaus, fiel fast die Treppe hinunter und lief in die Toilette. Während der ganzen Stunde, die die Fahrt von Calais nach Dover dauerte, hockte sie in der kleinen weißen Toilette und kämpfte einen verzweifelten Kampf gegen die Seekrankheit.

Sie achtete nicht im Geringsten auf die Leute, die an der verschlossenen Tür rüttelten und schüttelten und schimpften.

Sie tat das Dümmste, was sie in ihrer Lage nur tun konnte, aber sie hatte eben keine Erfahrung darin, wie man sich benehmen musste, wenn einen die Seekrankheit überfiel, sie öffnete das Bullauge und starrte hinaus auf das wild bewegte Wasser.

Während sie sich tapfer bemühte, dem Schlingern des Schiffes standzuhalten, dachte sie immer wieder: «Er ist hier – in Dover wird er nicht bleiben, mein Gott, er ist hier. Verdammtes Wetter! Wenn doch die Sonne schiene, dann – o pfui Teufel!»

Und sie hielt sich den Kopf mit beiden Händen.

*

In Dover lag der Nebel so tief über den Kreideklippen, dass sie wie dicke böse Wolken aussahen. Aber Jack hatte scharfe Augen und lange Beine, und sie schlenderte über das Fallreep hinab, an der Zollrevision vorbei, durch die Sperre dem großen, dunklen Manne nach, der sie nicht beachtete.

Vor dem Bahnhof hielt ein schwarz lackiertes Kabriolett.

Jetzt war Jack dem lieben Gott plötzlich für sein schlechtes Wetter dankbar. Ohne gesehen zu werden, konnte sie ihn wie ein kleiner Taschendieb verfolgen. Sie hörte, wie der Chauffeur ihn begrüßte «Guten Tag, Sir.»

«Guten Tag, Forster», antwortete der Mann mit einer Stimme, die, warm getönt, gut mit seinem dunklen Typus harmonierte.

Dann steckte etwas sehr Reizendes den Kopf aus dem Inneren des Autos und schrie: «Hallo, hallo, Michael Thomas.»

Jack sah, wie das Reizende aus dem Wagen sprang und Michael Thomas stürmisch begrüßte.

Obgleich Jack alles sehr interessierte, vergaß sie über eine plötzlich erwachte Eifersucht nicht, erst einmal die Nummer des Wagens festzustellen und noch etwas anderes zu bemerken, was noch wichtiger war als das «Reizende», es war ein Londoner Auto. Jack verschwand, ein kleines Gespenst, das seine Neugier gestillt hatte, im Nebel und eilte auf den Bahnhof zurück.

Es war einfach das, was man ihr «Glück» nannte, dass der Zug für London noch dastand, als warte er auf sie. Der Gepäckträger, der einzige Gepäckträger hier, stieß sie hinein.

Der Zug war ziemlich leer. Sie fand ein vollkommen unbenutztes Abteil und setzte sich etwas erschöpft in die Fensterecke.

Sie lehnte den blonden Kopf an das weiße Strickdeckchen über der roten Plüschgarnitur.

Michael Thomas!

Was für ein netter Name!

Es klang in jeder Sprache gut. Michael, so hießen die russischen Flüchtlinge oder die Dichter in England, die Bauern in Deutschland.

Michael.

Aber das «Reizende» störte sie ein bisschen. Was mochte es sein?

Freundin, Schwester, Frau?

Schade, sehr schade.

Jack war sehr fair gegen ihr eigenes Geschlecht. Vielleicht war dies der einzige männliche Zug ihres Charakters.

Sie hätte nie einer Frau wehgetan, wenn es nur irgend

zu umgehen war. Sie wusste zu genau, dass Frauen, selbst die schönsten und raffiniertesten Frauen, sehr armselige kleine Geschöpfe waren.

Sie selber freilich war noch nie in dieser vermaledeiten Situation gewesen, wo einem das Gehirn in den Magen rutscht und das Herz in den Kopf, aber sie hatte genug Gelegenheit gehabt, diese Zustände bei anderen Leuten zu beobachten, und sie vermied es, Frauen in derartige Situationen zu bringen.

Jacks Schamgefühl war trotz ihrer ganzen leichtsinnigen Art besonders stark ausgeprägt. Und sie fand Frauen ohne Stolz fast noch schlimmer als Männer. Männern verzieh man es leichter, weil es eigentlich etwas sehr Schönes und Ersehntes war, einen starken, stolzen Mann den Kopf verlieren zu sehen. Überdies konnte man jemandem nichts übel nehmen, wozu man selbst der Anlass war.

Jack seufzte ein bisschen.

Sie nahm den Hut ab, kämmte das Haar und betrachtete sich eingehend in dem großen Spiegel ihrer Handtasche.

Alle kleinen Frauen bevorzugen große Handtaschen, und Jack war eine kleine Frau, die leidenschaftlich große Hüte, riesige Koffer und schwere Blumen liebte. Männer sind manchmal noch so dumm, sich darüber zu wundern, anstatt von vornherein zu wissen, dass auch Frauen Instinkt für reizvollen Kontrast besitzen.

Manchmal aber spielte Jack auch einen Buben, in Baskenmütze und Schlips und mit einer Marguerite im Knopfloch ihrer bunten Westen.

Doch niemand erriet, dass sie diesen kleinen Jungen, der mutig, leichtsinnig und ein bisschen roh das Leben nahm, wie es ihm passte, nur spielte.

Sie fand sich blass und elend aussehend, aber sie gehörte nicht zu der Sorte Menschen, die sich nach einer solchen Konstatierung sofort interessant, wichtig oder bemitleidenswert vorkommen.

Sie massierte ein wenig die Schläfen, dann trat sie hinaus in den Gang und lehnte sich mit dem Rücken gegen die Tür ihres Abteils.

Die Schnelligkeit des Zuges benahm ihr fast den Atem. Sie hatte ganz vergessen, dass sie in einem englischen Zug saß, der wie verrückt durch die Landschaft tobte, als wollte er Felder, Ortschaften, Bäume und Seen ob ihrer Stille und Stetigkeit verhöhnen.

So albern war das Tempo einer englischen Bahn.

Es nahm einem alle Luft weg, verursachte abscheuliche Kopfschmerzen, nur weil es dem Zug Spaß machte, dass kein Auto mit ihm ein Wettrennen wagte. Dann kam der Kellner, klappte ein langes schmales Brett im Kupee auf und servierte ein schreckliches Dinner mit der geschulten Geste eines Jongleurs. Noch einige Leute fanden sich ein. Eine alte würdige Dame mit typischen großen Pferdezähnen, die verächtlich und neidisch Jack beobachtete, die einen Kognak nach dem anderen trank. Den Platz ihr gegenüber nahm ein kleiner dicker Mann ein, der sich verstohlen in der Nase bohrte.

Im Ganzen keine angenehme Gesellschaft, wenn man verliebt ist wie ein Spatz, gern von etwas Nettem träumen möchte und immer wieder, durch andere Leute vor den Kopf gestoßen, in den Alltag der Gedanken zurückfällt.

Endlich London.

Tumult. Autotaxen.

In dem leichten Nebel hingen die elektrischen bunten Reklamen in der Luft wie verrutschte Sterne. Chelsea, Lawrence Street, Dukes House, in dem die Mutter damals gestorben war und das Jack nun geerbt hatte. Hannah, im schwarzen Alpakakleid und mit weißem Häubchen, stand an der offenen Tür und begrüßte sie freudig. Sogar Adrettchen, eine kleine französische Bulldogge, sprang von ihrem weichen seidenen Kissen herab, um Jack zu beschnuppern.

«Bad fertig, Miss», sagte Hannah, die sich von ihrer Herrin die knappe Sprechweise angewöhnt hatte, und schüttelte Jack kameradschaftlich die Hand.

«Noch Sandwiches?»

«Nur Tee, Hannah.»

Großes, zartgrün gestrichenes Schlafzimmer, das an eine Wiese im Frühling erinnerte. Telefongebimmel. Queens Hall.

«Hallo, Jackie?!»

«Hallo, Leslie!»

«Wie geht es dir?»

«Okay, Leslie. Wann beginnt die Jagd?»

«Sechs Uhr, Jack. Pünktlich sein, hörst du.»

«Jawohl.»

Schluss. Der Apparat brummte noch einmal unwillig über den heftig aufgeworfenen Hörer, dann war alles still.

«Gute Nacht, Hannah. Halb fünf bitte wecken.»

«Ja. Gute Nacht, Miss Jack.»

«Hannah – das Auto in Ordnung?»

«Ja. Pete sah es heute nach.»

«Gut. Kusch, Adrettchen.»

Hannah schloss mit einem liebevollen Augenblinzeln die Tapetentür.

Jack sprang noch einmal aus dem Bett. Hastig streifte sie den bunten Pyjama ab. Zum Teufel mit dem Zeug. Sie lief splitternackt zum Fenster, schob es etwas in die Höhe und klemmte ein Taschentuch zwischen die Spalte. Sie kannte die englischen Fenster, die die boshafte Angewohnheit hatten, nachts zu klappern.

«Hoffentlich ist morgen gutes Wetter», dachte sie noch und warf sich in ihr Bett.

Sie zog die Uhr auf und ließ die Nachttischlampe brennen.

«Wo bist du jetzt, Michael Thomas? Wo magst du jetzt sein.»

Und dann schlief sie.

*

Das Auto sauste eine weiße Landstraße entlang. Hannah hatte um eine volle halbe Stunde verschlafen. Jetzt musste der Motor hergeben, was er konnte. Siebzig Kilometer. Achtzig. Neunzig.

Die Sonne schien. Das gelbe Laub an den Bäumen leuchtete. Rote Ebereschen schimmerten an beiden Seiten der Chaussee.

Jack pfiff vor sich hin. Sie pfiff sehr süß, und sie wusste es.

«Ach, du lieber Augustin.»

«Diana», den uralten Song, den sie liebte, und den neuesten Schlager der Revellers, «Raquelle».

Der Wind spielte mit ihrer roten Regenhaut, die sie vergessen hatte zu schließen.

Endlich Queens Hall, der Turm der Dorfkirche, der aussah wie ein neugieriges Kind auf Zehenspitzen. Jack bog in das Tor der Einfahrt. Der Diener kam ihr entgegen. Ein distinguierter alter Herr, der sie wohlwollend grüßte.

«Guten Tag, Miss Mamroth. Nur schnell. Die Herren sind fertig.»

Sie mied die Halle, in der man noch beim Frühstück saß. Auf der Treppe Rotröcke, weiße Breeches.

«Hallo, Jack.»

«Tag, William.»

«Jack?»

«Boy, du hier.»

Flüchtiges, kameradschaftliches Händeschütteln.

«Jack!»

Leslies Stimme.

«Hier, hier. Ziehe mich nur schnell um.»

Sie stürzte in ihr Zimmer, ihr Zimmer, seit sie vor zehn, elf Monaten das erste Mal gekommen war, das noch immer ihr zur Verfügung stand, seit sie es vor einem halben Jahre treulos verlassen hatte. Freilich hatten sie sich, Jack Mamroth und Leslie Waddington, inzwischen gesehen. Zuletzt im Sommer in Ostende.

Aus einer wilden, herrlichen Leidenschaft, die viel zu wild für die feste Form einer Ehe, war eine treue Kameradschaft geworden, die beide Teile befriedigte.

Auf dem Bett lag der Reitdress bereits ausgebreitet. Ein Telegramm und ein Brief lagen auf dem Nachttischchen.

«Viel Spaß, Lionel.»

Der Brief war von June.

Sie zog sich schnell um. Wie alle anderen trug sie heute die vorschriftsmäßig weißen Breeches, hohe schwarze Reitstiefel, roten Frack mit blinkenden Goldknöpfchen und die samtene Jockeymütze. Fast fertig, die lange Peitsche unter den Arm geklemmt, trat sie an eines der Fenster, das auf den Hof ging. Langsam knöpfte sie die Handschuhe zu.

Unter ihr das farbenprächtige Bild einer englischen Reitgesellschaft.

Jack spähte aufmerksam ab. Ein Ausspruch, den Leslie Waddington einmal getan hatte, fiel ihr ein.

«Man kann den Charakter eines Menschen an der Art erkennen, wie er in den Sattel springt.»

Plötzlich hielt sie den Atem an. Mit einem herrlichen Schwung stieg jemand zu Pferde. Jemand, der allen Regeln zum Trotz die schwarze Kappe verschmähte und dessen Haar dunkel ins Gesicht fiel.

Der Mann aus dem Zug! Der Mann von dem Schiff! Michael Thomas!

Sie trat zurück und ließ sich in den großen Sessel fallen.

Er war hier!

Sie fasste es nicht.

Er war hier!

Sie stürmte die Treppe hinab. Schon ritten die Ersten aus dem Portal. Aber Leslie stand da und hielt Mary Stuart, die braune Stute, am Halfter. Sie lief zu ihm. Er legte den freien Arm um ihre Schulter. «Schön, dass du kamst.»

Er beugte sich und küsste sie schnell und herzlich auf den Mund.

Sie nickte ihm zu.

Er hielt ihr den Steigbügel, mit den übrigen ritten sie zusammen vom Hofe.

«Wie geht es, Jack?»

«Gut.»

«Freut mich. Was macht June?»

«Weiß nicht. Oben liegt ein Brief.»

«Und du? Wieder verliebt, Jack?»

«Weshalb?»

«Nun – Lionel Clark –, man hört so allerhand.»

Sie lachte hell heraus.

«Bestimmt nicht.»

«Sondern?»

«Nichts, Leslie.»

«Glaub ich nicht.»

«Macht nichts. Wie viele Frauen reiten mit?»

«Diesmal bist du die einzige Dame.»

«Ach?»

«Jawohl, aber niemand wird es merken, du siehst wie ein Junge aus.»

Die Hörner bliesen zum Sammeln.

«Reit nicht so wild, Jack.»
«Nein.»
«Versprich.»
«Ja!»
«Also nachher.»
«Heil.»
«Heil.»
Dann trennten sie sich.
Jacks Augen suchten aufmerksam das Feld ab.
Wo war Michael Thomas?
Leslies Worte gingen ihr nicht aus dem Kopf.
«Du siehst aus wie ein Junge.»
Also, man würde sie nicht erkennen.
Schade!
Die Jagd interessierte sie nicht mehr. Aber dann entdeckte sie ihn.

Sie trieb Mary Stuart die Sporen in die Weichen. Mary Stuart bäumte sich ein wenig. Sie war nur ein Tier, aber sie schätzte es genauso wenig wie die zweibeinigen Tiere, ungerechterweise zu leiden. Darum ging sie los.

Doch Jack saß fest im Sattel. Leslies Schule. Sie war grausam heute. Die Sporen ritzten immer wieder. Was tat es? Mary war ihr Pferd, und es galt, Michael Thomas einzuholen. Sie konnte wirklich keine Rücksicht auf die zarten Weichen ihrer Stute nehmen. Jetzt war sie kurz hinter ihm. Gerade da ging er los wie der Wind. Verdammt gut ritt der Kerl! Mit einem kleinen erregten Schrei nahm sie seine Verfolgung auf.

Sturzacker.

Die Erde, die die Hufe des vor ihr galoppierenden Pferdes aufwühlten, flog ihr entgegen. Sie musste ihr Tempo mäßigen. Mit einem resignierten Achselzucken blieb sie zurück.

Es war ja sinnlos! Selbst wenn sie ihn einholte, was sollte sie tun, anhalten und ihn anreden, unmöglich, und im Vorbeisausen würde er sie erst recht nicht erkennen. Plötzlich lachte sie. Ein Gedanke schoss ihr durch den Kopf.

«Holla, Hussa! Go on – Mary – Darling! Hopp, Mary!»

Kannte er das Terrain?

Wahrscheinlich nicht, denn sie hatte ihn nie in Queens Hall getroffen. Hier lag eine Schneise. Sie konnte abkürzen, dann kam sie am Sprungfeld wieder heraus.

«Gscht, Mary – nicht geradeaus! Holla – holla, schön, gutes Tierchen! Vorsichtig – sonst bleiben wir am Baum hängen, lauf, mein Pferdchen!»

Jetzt lag der Durchbruch zum Sprungfeld vor ihr offen.

«Ksch, ksch», hetzte sie. Mary Stuart wieherte. Sie kannte die Hürden und wusste, wie man sie nehmen musste. Jack wandte den Kopf. Ungefähr dreißig Meter hinter ihr sprengte Michael auf seinem Schimmel heran.

«Holla, holla, schön. Langsam, Mary – langsam, wir müssen jetzt vorsichtig sein, sehr vorsichtig. Hörst du? Sonst breche ich mir das Genick, Mary, etwas, wozu ich gar keine Lust verspüre. Ha! Die erste Hürde nehmen wir noch, sonst denkt man womöglich, wir könnten nicht springen. Hopp, Mary – schön.»

Kopfdrehen.

«Für die zweite langt es noch – so, mein Pferdchen, jetzt – Achtung, kscht – wir wollen ja nur einen kleinen Sturz markieren.»

Kopfdrehen.

«Jetzt, Mary – brav – o weh, wir haben nicht aufgepasst. Ist das tatsächlich schon das schwere Hindernis mit dem Graben – links, links, Mary, sonst trampeln uns die anderen nieder, so …» Mit einem wundervollen Sprung setzte das Pferd über die Mauer. Der Reiter dahinter hielt unwillkürlich die Zügel fester. Herrlich genommen – aber die Hinterbeine – doch zu kurz gesprungen? Zähne zusammen, Jack!

Au – au!

Jemand kniete neben ihr, öffnete die rote Jacke. Jack versuchte zu blinzeln.

«Sehr schlimm?»

Aber es gelang ihr nicht, den Kopf zu schütteln. Pfui Teufel, wahrscheinlich hatte sie sich den Arm gebrochen. Der Jemand, der Gott sei Dank Michael Thomas war, fing die wild gewordene Mary Stuart ein und koppelte sie an. Dann kniete er wieder neben ihr nieder.

«Mein Arm», wimmerte Jack und schlug die Augen ganz auf.

Überraschtes Gesicht, gekrauste Stirn.

«Wo hab ich Sie nur gesehen?»

Heimliches, glückliches Lächeln. Gespielte Verwunderung.

«Der Herr aus dem Zug?»

«Können Sie stehen?»

Er stützte sie und half ihr auf.

Jack schwankte abscheulich.

«Geht es?»

Leises Zähneknirschen.

«O ja – danke – au!»

Die anderen kamen. Zwei, drei. Waddington unter ihnen.

«Um Gottes willen, Jack!»

«Vorwärts», schrie sie, «mir ist nichts passiert.»

«Reit heim, hörst du?»

Weiter vorbei.

«Soll ich Sie zurückbringen?»

«Nein – nein, danke.»

«Wie Sie wollen.»

«Nein.»

Sie versuchte, des Schwindelgefühls Herr zu werden. Er half ihr noch in den Sattel. Langsam wandte sie das Pferd dem Herrenhaus zu. Der Arm tat verdammt weh.

«Fein gemacht, Mary – sehr fein. Er hat mich wiedererkannt, er hat mich doch bemerkt im Zug. Bist du verrückt, Jack? Was für eine Kinderei! Natürlich – total verrückt. Telefonieren Sie Doktor Christine, James, ich stürzte. Ich glaube wahrhaftig, ich habe mir den Arm gebrochen.»

*

Jack saß in der Frühstücksstube, die früher als Verbindungsraum zwischen ihrem und Waddingtons Schlafzimmer herrliche Stunden erlebt hatte. Doktor Christine war gekommen und hatte sie mit der unangenehmen Energie, über die Ärzte manchmal verfügen, mit in die Stadt geschleppt. Da ältere Männer, die vom Leben nicht mehr viel zu erhoffen haben, wenigstens von jungen Mädchen respektiert werden, waltete er seines Amtes mit der ganzen altmodischen Wichtigkeit seiner Generation. Jack musste sich ausziehen und auf den Röntgentisch legen. Aber sie tat ihm nicht den Gefallen, innerliche Verletzungen aufzuweisen. Nur das rechte Schlüsselbein war gebrochen, eine leichte Sehnenzerrung am Bein und eine ganze Anzahl tüchtiger Schrammen durfte er feststellen. Verbandagiert sah sie aus wie ein tapferer kleiner Soldat.

Sie saß sehr still in dem alten grünsamtenen Ohrenstuhl, der gar nicht so recht in das moderne Schleiflackzimmer hineinpassen wollte. Aber ihr ging jedes Gefühl für Stilarten ab.

Die runde Lampe aus venezianischem Glase brannte neben ihr auf dem Rauchtisch.

Jack lauschte auf den gedämpften Lärm, der vom Erdgeschoss zu ihr heraufklang. Es war kurz nach vier Uhr und schon dämmerig. Eben waren alle mit großem Hallo zurückgekommen. Um sechs Uhr war das Essen angesagt. Jetzt wurde es langsam ruhiger in dem alten Gutshaus, nur ab und zu hörte man das Geräusch von Wasser, das in Badewannen einlief. Aber die meisten schliefen erst einmal, bevor sie sich zum Dinner fertig machten.

Jack trug die weiße Bluse aus dickem Herrenhemdstoff, eine schwarze Krawatte und einen eng plissierten

Schottenrock. Sie sah sehr unschuldig aus, und genau so wollte sie auch aussehen, deshalb musste sich das große Abendkleid in einem leeren Schranke langweilen. Sie konnte keinen Grund angeben, warum sie gerade heute knabenhaft und kindlich wirken wollte. Sie war einfach ihrem Instinkt gefolgt. Und sie wusste, dass sie sich absolut auf ihn verlassen konnte.

Es klopfte. Jacks Herzschlag setzte sekundenlang aus. Aber es war nur Leslie Waddington, der auf der Schwelle stand.

«O armes Kind», sagte er, die traurige, schwarze Binde bemerkend, «tut es sehr weh?»

«Es geht.»

Er kam näher und setzte sich auf die Lehne ihres Stuhles.

«Ich hatte dich doch gebeten, vorsichtig zu sein.»

Sie lächelte. «Ich war sehr vorsichtig, Leslie.»

Er zog die Stirn zusammen, sah sie an und schüttelte den Kopf.

«Was heißt das?»

Sie zuckte nur die Achseln. «War es schön?»

«Herrlich», antwortete er begeistert, «denk nur mal ...»

Sie fiel ihm ins Wort. Sie war überhaupt eine schlechte Zuhörerin. Meist langweilte sie sich, wenn andere Leute ihr etwas erzählten.

«Michael Thomas reitet fabelhaft gut, nicht wahr?»

Er sah sie von der Seite her an. Sie fuhr schnell fort: «Er war es, der mir zu Hilfe kam und mich aufhob.»

«Ah so – ihr kanntet euch?»

«Nein, wie kommst du darauf?»

«Woher weißt du sonst seinen Namen? Unwahrscheinlich, dass er ihn dir bei dieser Hetzjagd nannte.»

«Ich wusste ihn vorher – durch Zufall, Leslie.»

«Weiß er, wer du bist?»

«Ich glaube, nicht.»

Waddington kannte sie viel besser, als sie es annahm oder hätte wahrhaben wollen. Er legte eine Hand unter ihr Kinn und hob es auf.

«Du interessierst dich für ihn, Jack?»

Sie sah ihn gerade an. Es war vollkommen unnötig, vor Leslie Geheimnisse zu haben. So verzichtete sie auf das gewisse Augenblinzeln, das ja und nein heißen konnte, und schlug nach einigen Sekunden still die Lider nieder, so wie Frauen es tun, wenn sie Dinge eingestehen, die noch nicht reif für Worte sind.

Er zog sein Zigarettenetui und klopfte nachdenklich eine Zigarette locker.

«Du giltst hier als meine Cousine, hörst du?»

«Warum denn? Was heißt das?»

Sie sah ihn verständnislos an.

Leslie sah ernst aus.

«Es ist besser», sagte er kurz.

«Weshalb?»

«Es ist besser», wiederholte er und streichelte über das sanfte Blond ihrer Haare, die jetzt in kleinen Locken bis zu den Ohrläppchen fielen.

Sie klopfte ungeduldig mit dem gesunden Fuß gegen das Stuhlbein.

«Weshalb, bitte?»

Er fuhr fort, mit ihrem Haar zu spielen. Schließlich sagte er vorsichtig:

«Nicht alle Männer, Jack, würden mit deiner Lebensweise einverstanden sein.»

Sie entzog ihm ihren Kopf.

«Was gehen mich die Leute an.»

Ein Kind mit schmollendem Mund. Ein trotziges, stolzes Kind.

«Unter Umständen viel, Jack – wenn Michael Thomas zu ihnen gehört.»

«Ich hoffe, dass er nicht so dumm ist.»

«Das ist nicht dumm. Ansichten entspringen oft einer Veranlagung, Erziehung ...»

«Bitte, philosophiere nicht.»

«Es langweilt dich.»

Eine kleine Weile waren sie still.

«Ich kenne Michael Thomas seit Jahren», sagte er dann nach einem kurzen Überlegen.

«Du hast mir nie von ihm erzählt.»

Er hörte den leisen Vorwurf in ihrer Stimme und lächelte bestürzt.

«Liebling, wir hatten über so viel andere Dinge zu sprechen.»

«Seit Jahren hörte ich nicht von ihm. Er jagte in Afrika. Erst vor einer Woche kam er nach Europa zurück. Ich traf ihn bei Claridge und lud ihn ein. Weißt du, Jack ...»

Er zauderte.

«Ich glaube nicht, dass er der richtige Mann für dich ist.»

«Oh», machte sie.

«Oder», fügte er hinzu, «besser gesagt, du bist nicht die richtige Frau für ihn.»

«Ein Mann kann aus jeder Frau das machen, wie er sie haben will.»

«Wenn ...», sagte er und sah sie ernst an.

«Was wenn, Leslie?»

«Du weißt doch, Liebling. Doch nur, wenn sie noch vollkommen unerfahren und unschuldig ist und das Leben nicht so gut kennt wie du.»

«Ich verstehe», antwortete sie langsam. «Er ist ein altmodischer Mann.»

«Ein sehr altmodischer Mann, Liebling.»

«Eine Generation zu spät geboren.»

«Ja, und darum kann er sich eben nicht mit der heutigen Frauengeneration abfinden.»

«Danke, Leslie», sagte sie.

Er starrte nachdenklich vor sich hin, und wieder schwiegen sie eine Weile.

Dann fragte Jack: «Glaubst du, Leslie ...?»

«Was?» Er wandte sich ihr etwas zu heftig zu.

«Nichts, Leslie ... Du weißt, ich bin sehr glücklich, gerade in dieser Zeit zu leben.»

«Ja, Jack.»

Sie verstanden sich ohne weitere Erklärungen. Er stand auf.

«Jack», sagte er, «ich hoffe, du kannst deine Gefühle beherrschen, und ich wünsche, du möchtest dich nicht verlieben.»

Er ging aus dem Zimmer und ließ Jack allein, die sehr nachdenklich den Kopf in die rechte Hand stützte.

*

Unten in der Halle stand Michael Thomas und betrachtete interessiert einige wertvolle Jagdtrophäen. Er wandte sich um, als er Waddington kommen sah, der ihn gerne übersehen hätte.

«Nun – wie geht es der jungen Dame, die heute stürzte? Ich hoffe, gut.»

«Meiner kleinen Cousine? Danke, leidlich.»

Er sah Thomas prüfend an, bevor er sehr schnell weiterging.

«Ich Esel –», sagte er zu sich selbst und betrat den Speisesaal.

«James, nehmen Sie ein Gedeck fort. Miss Mamroth will auf ihrem Zimmer essen – hätte ich nicht wissen sollen, dass Michael ausgerechnet jener Typ ist, dem Jack verfällt, und Jack … verdammt noch mal …»

*

Jack saß wieder allein in der kleinen Frühstücksstube, die ihr jetzt einsam vorkam. Ellen, die Waddington damals für sie engagiert hatte, brachte ihr das Abendessen.

Waddington hatte ihr nicht gekündigt, als Jack auf einmal von Queens Hall nichts mehr wissen wollte. Sie war so etwas wie ein Stück Erinnerung für ihn und sie war der einzige Mensch, mit dem er von der herrlichen Zeit, in der Jack sein Leben teilte, reden konnte. Dienstboten fühlen sich immer geschmeichelt, wenn man sich mit ihnen unterhält, und Ellen betete Waddington geradezu an. Sie liebte Jack, obgleich sie sie «shocking» fand, aber um diese Gefühle vor sich selber zu kaschieren, nannte sie Jack nie anders als «Mrs. Mamroth». Jack empfand diese Anrede als Beleidigung, und heute Abend hatte sie gar keine Lust, als verheiratete Frau tituliert zu werden. Sie verzichtete auf das Dinner, bestellte nur Bouillon und Horsd'œuvre und schickte Ellen aus dem Zimmer. Sie trank und aß, und die Ungeduld prickelte in ihrem Blut wie Fieber.

Sie lief ein paarmal im Zimmer auf und ab, bevor sie sich entschloss, auf den Flur zu schleichen. Bis zum ersten Absatz der Treppe wagte sie sich vor. Sie lauschte angespannt nach unten. Stimmengewirr, Lachen, Toaste, Geschirrklappern. Sie waren also noch beim Essen. Sie ging zurück und kauerte sich wieder in den alten Ohrenstuhl. Ellen hatte vergessen, die Gardinen vor das Fenster zu ziehen, und sie konnte die Dorfkinder sehen, die sich auf dem Hof herumtrieben. Jack war ehrlich genug, um sich einzugestehen, dass sie von Herzen gern solch ein kleiner dreckiger Bengel sein möchte, um Michael Thomas beobachten zu können. Und da fiel es ihr ein, dass sie auf ihn wartete. Wenn er nur etwas Manieren besaß, musste er sich persönlich nach ihrem Befinden erkundigen.

Aber Michael Thomas schien keine Manieren zu haben, denn er kam nicht.

Erst nach zwei Stunden steckte Leslie seinen Kopf durch die Tür.

«Geh schlafen, Kindchen», sagte er, «Ruhe wird dir guttun.»

«Aber ich bin gar nicht müde», wehrte Jack seine Sorge ab. Er öffnete die Tür etwas weiter, und sie konnte die Klänge einer Kapelle hören, die unten in der Halle spielte.

«Thomas», sagte Leslie Waddington, so sanft es ihm irgend möglich war und so nebensächlich es nur klingen konnte, «ist gleich nach dem Essen wieder nach London zurückgefahren.»

Er wartete noch einen Augenblick, ob Jack vielleicht etwas sagen würde, aber als sie schwieg, machte er ohne ein weiteres Wort leise die Tür zu.

*

«Darf ich hereinkommen?», fragte Leslie am nächsten Morgen.

«Bitte.»

Jack lag noch im Bett, und bis auf den Tee stand das Frühstück unberührt.

«Nun?»

Er setzte sich zu ihr auf den Bettrand, suchte ihre Hand und küsste sie.

«Leslie», sagte Jack und richtete sich auf, «ich fahre nach dem Mittagessen sofort nach London zurück.»

Waddington hatte in der kurzen Zeit, in der Liebe und Leidenschaft sie verband, gelernt, nie verwundert, traurig oder enttäuscht zu sein. Jack nahm es anderen übel, wenn sie ihre Gefühle zu deutlich verrieten. Im Übrigen war es vollkommen sinnlos, sie zu zeigen, denn Jack scherte sich doch nicht darum. Viele schalten sie deshalb egozentrisch. Jack beantwortete diese Meinung mit ihrem bezauberndsten Lächeln.

«Bitte, wo käme ich hin, wenn ich auf jeden Rücksicht nehmen wollte?»

«Du bist schlechter Laune?»

«Nein, Leslie. Aber – ich glaube, dein Freund Michael hat seine Kinderstube im Urwald liegen lassen.»

Waddington lachte in sich hinein.

«Jack», sagte er, «du darfst nicht vergessen, was ich gestern sagte: Michael Thomas ist ein altmodischer Mann und Frauen gegenüber sehr skeptisch. Erzählte ich dir übrigens schon, dass er verheiratet war?»

Sie verbarg ihr Erstaunen unter einem gleichgültigen «Soo?»

«Er hat seine Frau, Shirley O'Connor sehr geliebt. Und drei Jahre lebten sie nach seinem eignen Ausspruch wie im Himmel. Dann fand der arme Kerl heraus, dass sie ihn betrog.»

«Verheiratete Frauen betrügen meistens ihre Männer.»

«Er wusste das nicht so genau wie du.»

«Pah, er ist dumm.»

«Er war glücklich.»

«Dabei konnte sich seine Frau sehr langweilen. Und Langeweile, mein Lieber, ist viel schrecklicher als unglücklich sein. Denn wenn man unglücklich ist, hat man wenigstens etwas zu tun. Man kann jeden Morgen in den Spiegel gucken, Veränderungen feststellen, Posen einüben und sich selbst bemitleiden. Und weißt du, Männer sind immer so besonders reizend zu unglücklichen Frauen. Vielleicht ist das ein Grund, dass sich so viele Frauen ganz gut mit der Tatsache abfinden, ‹unglücklich zu sein›. Selbst die hässlichste und dümmste gewinnt in diesem Stadium an Reiz, wenn du es auch nicht zugeben willst, Leslie, Männer sind nun einmal eitel, und es stärkt so nett ihr Selbstbewusstsein, wenn sie helfen, raten und trösten können.»

«Jedenfalls», sagte er trocken, «hast du ganz schöne Ansichten für ein zweiundzwanzigjähriges junges Mädchen. Also du scheinst damit einverstanden zu sein, dass Frauen ihre Männer betrügen?»

Sie zuckte die Schultern.

«Wenn es nicht anders geht, Leslie. Männer haben es so viel einfacher. Sie schieben einfach Konferenzen oder Geschäftsfreunde vor. Natürlich weiß man, dass es nicht wahr ist, aber man glaubt ihnen, weil man ihnen eben gern glauben möchte. Und wenn man ihnen durchaus nicht mehr glauben kann, weil der Ober bei Claridge fragt ‹Wieder Manhattan?›, wo man nie Cocktails trinkt, oder der Geiger im Royal andauernd ein gewisses Lied spielt, dann ist es nicht so schlimm, weil eine betrogene Frau eben schrecklich begehrenswert ist. Aber gibt es einen Mann, der seiner Frau (wenn sie nicht gerade alt und hässlich ist) glaubt, dass sie jeden Nachmittag, den der liebe Gott werden lässt, Bridge spielen geht? Siehst du, Leslie, und betrogene Männer sind nun einmal lächerlich. Darum hat der Mann ganz recht, wenn er seiner Frau übel nimmt, dass sie ihn in solche Lage bringt. Denn, Leslie, die Konsequenzen einer solchen Geschichte sind genau so verschieden wie das weibliche und männliche Geschlecht.»

«Und du?»

Leslie Waddington beugte sich vor und sah Jack gespannt an.

«Ich würde nie einen Mann betrügen», antwortete Jack prompt. «Ich würde es ihm sagen, damit er wenigstens freien Willen hat und entscheiden kann, ob er Hörner aufgesetzt haben möchte oder irgendeine andere Initiative ergreifen will»

«Also du würdest es ihm sagen.»

«Ja.»

«Weißt du auch, dass es unter Umständen schwerer sein kann, als etwas zu verheimlichen?»

«Sicher. Darum eben.»

Sie lächelte ein Lächeln aus Wissen, Spott und Boshaftigkeit gemixt: «Aber auch aus Bequemlichkeit. Denn ich stelle es mir sehr enervierend vor, andauernd Theater spielen zu müssen. Aber nun erzähle, was tat Michael Thomas, als er diese lehrreiche Erfahrung gemacht hatte?»

«Das weiß ich nicht, Jack, und ich glaube auch, er orientierte niemand darüber. Jedenfalls war er eines Tages wie vom Erdboden verschwunden, man hörte später, dass Shirley wieder heiratete und er nach Afrika gefahren sei.»

Sie öffnete den Mund, aber sie sagte nichts. Erst nach einer Weile sprach sie weiter.

«Eigentlich wollte ich wieder zurück nach Paris, aber nun hab ich meine Absichten geändert. Ich werde vorläufig in London bleiben.»

«So.»

Sie hielt ihm eine Hand hin.

«Du musst mich oft besuchen, Leslie.»

Er ließ sich hinreißen.

«Warum wohnst du dann nicht hier?»

Sie schnitt ihm ein Gesicht.

«Es ist besser so, Leslie», sagte sie.

«Oh», machte er, «Jack?»

«Liebling», sagte sie sehr sanft, «vielleicht bin ich etwas verdreht, aber es ist eine ganz neue Art von Verrücktsein.»

«Ich glaube auch», antwortete er und atmete etwas erregt. «Ich hätte es nie für möglich gehalten, dass du auf einen Mann Rücksicht nehmen könntest.»

«Bist du eifersüchtig?», fragte sie mit einem Unterton von Beleidigtsein. «Übrigens wäre ich von selber nie auf den Gedanken gekommen, Rücksicht zu nehmen, wenn du mich gestern nicht als deine Cousine ausgegeben hättest.»

Er nahm mit einer heftigen Bewegung ihren Kopf in beide Hände.

«Ja?»

«Jack, wenn – wenn du ...»

«Was?»

«Liebling, dann ist es kein Flirt – sondern – o Jack – ich habe Angst um dich.»

Sie versuchte zu lachen, aber es war ein sehr forciertes kleines Lachen, das ihn, der Michael Thomas so gut kannte, nur noch besorgter machte.

Und dann sagte sie etwas, das dem Fass den Boden ausschlug: «Ich auch – Leslie – ich auch.»

*

Jack war ein seltsames Gemisch aus moderner Sachlichkeit und veralteter Romantik. Sie verstand es auf eine sehr angenehme Weise, die neue Sachlichkeit auszunutzen, indem sie vergnügt dem Leben abgewann, was ihr Freude versprach, und erst romantisch wurde, wenn sie innerlich versagte. Dann flüchtete sie sich aus der Gesellschaft in die Boheme. Junge Russen, Italiener und Ungarn schienen am besten ihren Ansprüchen zu genügen. Sie liebten halbdunkle Zimmer, Musik und Liebesaffären. Leslie wusste, dass das kleine Haus in Chelsea oft von diesen jungen Leuten wimmelte. Jack selber sagte manchmal lachend: «Natürlich kommen sie gerne. Bei mir gibt es Kaffee, Schnaps und Zigaretten, und wenn es gar nicht anders geht, lasse ich mich sogar anpumpen.»

Machten aber andere wegwerfende Bemerkungen über diese Bekanntschaften, wurde sie schroff und böse. Leslie Waddington hütete sich wohlweislich, irgendein abfälliges Wort über diese Clique zu äußern. Heute jedoch sagte Jack am Telefon: «Es gibt niemand hier. Weiß der Himmel, wo Bela und Konsorten stecken. Mir ist so komisch, Leslie, ich weiß nämlich nicht, ob ich mich langweile oder unglücklich bin.»

«Darf ich heute bei dir Tee trinken?»

«Natürlich.»

Als er an diesem Nachmittag den Themse-Kai entlangging, bescherte ihm ein absurder Zufall eine Begegnung mit Michael Thomas.

Er stand am Gitter und starrte auf die Kähne einer großen Papierfabrik, die, mit bunten, schmutzigen, halb verwitterten Abfällen beladen, fast malerisch wirkten.

Und gerade, als Leslie vorbeikam, wendete er den Kopf und musste daher grüßen.

«Eine Stadt ist seltsam», bemerkte er und bemühte sich, mit Leslies langen Beinen Schritt zu halten. «Wenn man so jahrelang im Dschungel ...»

Er schwieg einen Augenblick in Erinnerung versunken.

«Wo gehen Sie hin, Waddington?»

«Zu – meiner Cousine.»

«Ah, das kleine Mädchen, das neulich stürzte.»

«Jawohl. Kleines Mädchen ist gut, Michael. Jacqueline ist zweiundzwanzig.»

Michael Thomas schüttelte den Kopf. «Glaub ich nicht. Sie sieht wie sechzehn Jahre aus.»

«Überzeugen Sie sich selbst.»

Kaum hatte er diese Aufforderung ausgesprochen, als ihm auch schon bewusst wurde, dass er damit eine Mordsdummheit begangen hatte.

«Sie wollen mich mitnehmen?», gab Thomas ihm noch eine Chance zum Rückzug. Leslie Waddington antwortete nicht sofort. Er dachte an Jacks Geständnis. Mit einer gewissen Resigniertheit zuckte er die Achseln. Was er auch immer tun mochte, das Schicksal würde gewiss nicht seine Sorgen und Wünsche berücksichtigen.

«Ja, natürlich.»

Er wurde fast wütend, als er feststellen musste, wie Michaels Gesicht auf einmal vergnügt aussah.

«Hoffentlich ist es ihr angenehm?»

«Oh, sie wird nichts dagegen haben. Sie ist es ja gewohnt ...»

«Bitte?»

«Ich meine, wir stehen uns so, dass ich ohne Weiteres meine Freunde zu ihr bringen darf.»

«Hm – entschuldigen Sie, Waddington, wie heißt Ihre Cousine?»

«Jacqueline Mamroth.»

«Arbeitet Miss Mamroth wie alle modernen jungen Mädchen?»

«Nein.»

Thomas schwieg nachdenklich.

Leslie fühlte sich zu einer Erklärung gezwungen. «Sie wuchs in einem Kloster auf. Erst als sie majorenn wurde, entließ man sie und zahlte ihr das Vermögen aus. Nun genießt sie nach dem jahrelangen Zwang erst einmal das Leben, bevor ...»

«Sie reitet gut.»

«Ausgezeichnet.»

Sie überkreuzten den Damm und gingen die schmale Lawrencestraße hinauf. Ein alter Kerl spielte Ziehharmonika, Kinder und Hunde tollten zwischen den kleinen Häusern herum.

«Hier sind wir.»

Waddington blieb stehen, hob den eisernen Klopfer und schlug ihn dreimal kurz hintereinander an die Tür. Hannah öffnete und lächelte. Waddington war in ihren Augen von allen Bekannten Jacks der einzige Herr.

«Sie werden erwartet, Sir.»

Sie legten in der Halle ab und gingen eine sehr schmale Treppe hinauf. Auf dem ersten Absatz, wo ein Sessel neben dem Telefon stand, kam ihnen Jack entgegen.

«Hallo.»

Mit weit offenen Armen stürzte sie auf Waddington zu. Da gewahrte sie Thomas. Ihre Arme sanken schlaff herab.

«Oh, Mr. Thomas.»

«Guten Tag, Miss Mamroth. Entschuldigen Sie, wenn –» Er hoffte, dass sie ihn unterbrechen würde, denn er hasste Floskeln, und drei einsame Jahre hatten ihm eine gewisse Übung genommen. Aber Jack, entzückt, ihn zu sehen, besann sich nicht auf die Pflichten einer jungen Dame.

«Wenn», fuhr er fort, «wenn ich Ihnen hier so hereinschneie. Ich traf Ihren Cousin, und er nahm mich mit.»

«Ich freue mich, Sie zu sehen. Jetzt kann ich Ihnen doch danken für Ihre Freundlichkeit von neulich.»

Sie wies auf den Arm, der jetzt in ein buntseidenes Tüchlein gebunden war.

Sie standen noch immer auf der Treppe. Leslie stopfte sich, boshaft vor sich hin lächelnd, seine Pfeife.

«Dürfen wir eigentlich näher kommen, Jack?» Sie errötete etwas, was sehr selten passierte.

«Bitte.»

Sie ging ihnen voran in das Wohnzimmer. Dort drehte sie sich mit einem plötzlichen Ruck zu Leslie. «Oh, hör, ich bin heute Abend eingeladen und vergaß, Blumen zu bestellen, würdest du so gut sein?» Er machte Miene, an das Telefon zu gehen, aber ihre Augen hielten ihn fest.

«Aber gerne. Ich hole dir schnell welche herauf.»

«Orchideen, Leslie.»

«Jawohl, Orchideen.»

Er verließ das Zimmer, und man konnte wohl behaupten, dass sein Gesicht ziemlich grimmig aussah.

Etwas später gab er einen Strauß Hannah an der Haustür ab. «Sagen Sie Miss Mamroth, ja sagen Sie ihr, dass mir eben eine vergessene Verabredung eingefallen sei.»

Er wandte sich um und ging fluchend davon. Hannah sah ihm bestürzt nach.

Jack hockte auf dem Bänkchen vor dem Kamin und goss Tee ein, Michael saß etwas steif auf der breiten Chaiselongue und sah aus, als hätte er schrecklich gern seine Beine heraufgezogen. Sie wussten beide nicht so recht, was sie sagen sollten. Jack, die sonst so Gewandte, war von diesem plötzlichen Wiedersehen noch immer etwas benommen.

Und Michael schalt sich innerlich einen Narren, dass er Waddingtons Vorschlag gefolgt war, wo er doch nichts mit Frauen anfangen konnte, seitdem Shirley ...

So saßen sie und schwiegen sie und beobachteten sich gegenseitig. Heimlich und intensiv unter gesenkten Lidern.

«Noch Tee?»

«Ja. Bitte.»

«Zigaretten?»

«Darf ich Pfeife rauchen?»

«Gern.»

Wieder vergingen stille Minuten. Endlich machte Jack den verzweifelten Versuch, ein Gespräch anzuknüpfen.

«Erzählen Sie mir von Afrika.»

«Das kann man nicht erzählen, das muss man erleben.»

«Wie lange bleiben Sie in London?»

«Ich weiß es nicht», antwortete Michael, der nicht wusste, dass sich Jacks Aufenthalt nach dem seinen richten würde.

«Ich weiß es auch noch nicht.»

Plötzlich stand der Mann, der so dumm gewesen war, sich die Episode mit Shirley zu Herzen zu nehmen, auf: «Auf Wiedersehen, Miss Mamroth.»

Sie erschrak. Er wollte gehen, jetzt gehen, wo … «Auf Wiedersehen, Mr. Thomas.»

Sie streckte ihm die Hand entgegen. Aber er nahm sie nicht, und Jack grübelte den ganzen Abend darüber nach, ob er sie wohl absichtlich übersehen hatte oder nicht.

An einem Tage der nächsten Woche sagte sich Jack, dass die Tradition der korrekten Haltung gewiss lobenswert sei, aber dass sie in der heutigen Zeit der Gleichberechtigung endlich einmal etwas modernisiert werden müsste.

Sie fuhr in ihrem kleinen Wagen Richtung Park Lane davon. Jemand war so entzückend dumm gewesen, ihr Michaels Adresse zu verraten. Als sie klopfte und, ohne das «Herein» abzuwarten, eintrat, fand sie Michael Thomas am Schreibtisch sitzen.

Er sprang auf. Sie bemerkte, dass er ziemlich perplex war, sie auf einmal in seinem Zimmer zu sehen.

«Guten Tag, Michael Thomas, wie geht es?», begrüßte ihn Jack unbefangen, «ich wollte Ihnen nur meinen Gegenbesuch machen, überdies habe ich gerade Appetit auf einen Cocktail.»

Michael mixte ohne ein Wort der Erwiderung einen Ohio, und erst dann gelang es ihm, ihr sehr höflich zu sagen, dass er sich freue, sie begrüßen zu können. Aber natürlich log er, im Grunde war er gar nicht über diese Störung erbaut.

Jack setzte sich auf die Schreibtischkante und baumelte mit ihren langen, etwas zu dünnen Beinen. «Was schreiben Sie da?»

Sie deutete auf die Papierstöße neben sich und lächelte ihn dabei freundlich an.

«Eine Arbeit über meine Erlebnisse in Afrika.»

Sie sah ihn aufmerksam an, aber sein Gesicht war undurchdringlich.

«Michael Thomas», begann Jack, «Sie finden mich sicher neugierig und aufdringlich, aber zu Ihrer Beruhigung möchte ich sagen, dass ich es nicht immer bin.»

Es verblüffte Sie, dass er nicht den leisesten Versuch machte, ihre selbst erhobenen Anklagen zu widerlegen. Wahrscheinlich erinnerte er sich nicht mehr genau an die Pflichten eines Gentlemans.

«Warum sind Sie es dann jetzt nicht?», fragte er.

Sie fand nicht gleich eine Antwort auf diese Unverschämtheit. «Michael», sagte sie, «ich – Sie interessieren mich.»

Er überhörte dieses Geständnis. Selbst für sehr kluge und gewandte Männer ist es oft schwer, Antwort auf solche Erklärungen zu finden, wenn sie nicht zu den billigen Waffen der Ironie greifen wollen. Aber es war tatsächlich unliebenswürdig genug, daraufhin ganz zu schweigen. Plötzlich, in ein verlegenes Schweigen hinein, sagte er dann schroff: «Sehen Sie, Miss Mamroth, ich lege gar keinen Wert auf das Interesse anderer Leute.»

In diesem Augenblick konnte Jack zum ersten Male verstehen, wie einem jungen Mann zumute war, der sich einen Korb oder besser eine deutliche Zurückweisung holte, und sie begriff auf einmal, warum Männer immer über Frauen, die sie nicht erhört hatten, schlecht sprechen mussten. Aber sie lachte.

«Es hilft Ihnen gar nichts, ob Sie Wert darauf legen oder nicht, es wird Ihnen nichts anderes übrig bleiben, als mein Interesse zu respektieren oder ...»

«Sie hinauszuwerfen, Miss Mamroth.»

«Sie sind nicht gerade besonders höflich», sagte sie und blieb ruhig sitzen.

«Und Sie?», begann er. Jack machte eine abwehrende Handbewegung. «Wenn es kein Kompliment werden soll, schweigen Sie lieber.»

«Ich wollte Ihnen allerdings kein Kompliment machen.»

«Ich ahnte es», sagte sie, «und es tut mir ein bisschen leid; wissen Sie, Michael, Frauen hören so gern Schmeicheleien.»

«Weil sie dumm genug sind, sie zu glauben. Ich mache prinzipiell keine Komplimente.»

«Dabei», murmelte Jack, aber sie besann sich und fuhr fort. «Übrigens bin ich nur gekommen, um Sie zu fragen, ob Sie nicht Lust haben, mit nach Queens Hall zu kommen. Waddington telefonierte heute und bat mich, Ihnen seine Einladung zu übermitteln.»

«Sehr liebenswürdig, Miss Mamroth. Aber ich habe keine Lust.» Sie sprang von ihrem Platz herunter.

Er sah sie durch das große, dunkle Arbeitszimmer gehen, die langen, etwas zu dünnen, charmanten Beine im Tangoschritt vorwärtsgleiten.

Er bemerkte, wie hell das Haar unter dem schwarzen Schleier ihres Hutes leuchtete. Er sah die Augen, blaue schmal geschnittene Chinesenaugen, von denen eines braun gesprenkelt war.

Er machte ein paar schnelle Schritte auf sie zu. «Miss Mamroth!»

«Ja!»

Er suchte ihre Hände und hielt sie fest.

«Miss Mamroth – Jacqueline Mamroth.»

Sie schlug die Augen zu ihm auf.

«Ich möchte Ihnen etwas sagen. Es lohnt sich nicht, sich für mich zu interessieren. Ich habe kein Interesse mehr für Frauen.»

Er ließ verächtlich die Schultern fallen und wandte sich dem Fenster zu.

«Das heißt», sagte Jack langsam, «dass Sie es nicht haben wollen, Michael.»

«Verzeihen Sie, wenn ich Ihnen sagen muss, dass ich Sie – hm – sehr – offenmütig finde.»

«Warum? Man weiß doch alles über Sie.»

Er drehte sich heftig um.

«Das ist es ja gerade, dass Leute, die mich nichts angehen und die ich nichts angehen will, aus Tatsachen, die sich leider herumgesprochen haben, gewisse Schlüsse ziehen.»

Jack warf den Kopf zurück.

«Sie haben recht – und jetzt adieu, Michael, ich hoffe, Sie nicht zum letzten Male gesehen zu haben.»

Er sah sie perplex an. Jack bemerkte, dass seine Unterlippe leise bebte.

«Ich bin ein Büffel», sagte er in einem Ton, als wolle er sich für sein Benehmen entschuldigen. «Wollen Sie morgen mit mir in ein Theater gehen?»

Jack schüttelte den Kopf.

«Theater langweilt mich furchtbar.»

«Dann in ein Konzert?»

«Auch nicht.»

«Vielleicht Kino?»

«Es laufen nur schlechte Filme.»

Er zuckte hilflos die Schultern.

«Bei Claridge essen?», schlug sie vor.

«Ich hasse Lokale.»

«Gut, kommen Sie zum Dinner zu mir. Wir können ja nachher tanzen gehen.»

«Ich habe seit drei Jahren nicht getanzt. Es wird Ihnen kaum Spaß machen. Überdies finde ich tanzen dumm.»

Sie starrte wie gebannt auf seinen schmalen, energischen Mund. Die Unterlippe bebte leise.

«Dann», sagte sie sehr langsam, «dann geben Sie mir

einen Kuss. Oder wollen Sie sagen, dass Sie auch das seit drei Jahren nicht getan haben?»

«In der Tat», sagte er zornig. «Sie werden es nicht für möglich halten, aber ich habe im Laufe dieser Zeit keine Frau angerührt.»

«Das tut mir leid für Sie», sagte Jack. Sie stand sehr still und gerade vor einem langen Bücherbord. «Aber –»

«Ich finde Ihr Benehmen unmöglich.»

Sie lächelte.

«Ich möchte nicht sagen, was ich von Ihrem Benehmen halte.»

Er kam auf sie zu und packte sie an den Schultern. Unter der Berührung seiner Hände erzitterte sie leicht. Sie hob den Kopf und sah sein wütendes Gesicht über sich.

«Wissen Sie eigentlich, was Sie tun?», schrie er. «Ich habe das getan, was Männer immer zu tun pflegen, wenn sie mit einer Frau allein sind, und was sie bestimmt innerhalb einer Stunde getan hätten. Ich habe Sie um einen Kuss gebeten, aber da Sie nicht wollen …» Und mit einem Griff machte sie sich frei, stellte sich auf die Zehenspitzen und zog seinen Kopf zu sich herunter. Sehr flüchtig berührte sie seine Lippen.

Er stieß sie beinah fort.

«Sie sind verrückt, Miss Mamroth.»

Jack antwortete nicht.

Er trat vor sie hin. Sein Gefühl ging mit ihm durch. Die Worte überstürzten sich.

«Wissen Sie denn nicht, dass Sie die Frau sind, die ich wieder lieben könnte?»

«Doch.» Sie sang die Worte in ihrer grenzenlosen Seligkeit wie eine kleine Melodie vor sich hin. «Das wusste ich – sonst, Michael Thomas, wäre ich ja nicht gekommen. Denken Sie, was Sie wollen – auf Wiedersehen!»

Sie warf die Tür hinter sich zu, bevor er dazwischentreten konnte.

Er ging an das Fenster zurück, sah sie aus dem Hause kommen, auf die andere Straßenseite gehen, wo ihr Wagen parkte, und langsam davonfahren. «Gott im Himmel», sagte er laut zu sich selbst und presste die Stirn gegen die Scheibe.

*

«Sehen Sie, Jacqueline», sagte Michael Thomas, als sie in seinem Auto saß. Sie fuhren langsam durch Richmond Park.

«Jetzt wissen Sie, wie ich bin. Ich habe keinen Mut mehr, neue Enttäuschungen zu riskieren, ich weiß, Sie halten mich für feige, lasch und altmodisch, aber es ist besser, wir sehen uns nicht mehr.»

Jack saß zurückgelehnt neben dem heruntergelassenen Fenster. Der kalte Dezemberwind rötete ihre Nase und prickelte in ihrem Gesicht. Sie spielte mit ihrem Zigarettenetui und beobachtete ihn aus halb geschlossenen Lidern.

«Wie Sie wollen, Michael Thomas.»

Er wandte sich ihr für einen Augenblick zu und sah sie prüfend an, aber er schwieg. Plötzlich kehrte er den

Wagen und schlug ein beschleunigtes Tempo an. Viel zu schnell erreichten sie Chelsea. Während der ganzen Zeit fiel kein weiteres Wort mehr zwischen ihnen, aber als sie ausstieg, hielt er ihre Hand fest.

«Jacqueline», sagte er, «Sie sind ein wunderbares Mädchen, ich wünschte bei Gott ...» Doch bevor er aussprach, was er sich wünschte, gab er Gas, und der Wagen entschwand ihren Augen, in denen ein glückliches Lächeln stand. Bei Chelsea Town Hall geriet Thomas' Wagen in eine Verkehrssperre, und er musste anhalten, und hier, wo es niemand hören konnte, vollendete er seinen Satz. «Ich wünschte», murmelte er, «sie möchte mich lieben, und ich möchte ihr glauben können ...»

Dann rief ihn der Schutzmann an und fragte, ob er nicht weiterfahren wolle, und seine Gedanken wandten sich wieder dem Motor zu.

*

Drei Tage später telefonierte Jack: «Ich wollte Ihnen nur Auf Wiedersehen sagen, Michael Thomas. Ich fahre fort.»

Die Feststellung, dass sein Puls minutenlang aussetzte, überraschte ihn.

«Ja. Leben Sie wohl!»

Leises Knacken in der Leitung.

«Jacqueline?»

«Ja.»

«Oh, ich dachte, Sie hätten schon abgehängt. Sagen Sie, wohin fahren Sie?»

«An die Riviera. London wird mir zu kalt und neblig.»

«Nach Cannes?»

«Nein, Beaulieu.»

«Wo werden Sie wohnen? Im Bristol?»

«Ich weiß es noch nicht.»

«Werden Sie einmal schreiben?»

«Ich schreibe nie Briefe.»

«Sondern?»

«Telegrafiere höchstens. Das genügt auch.»

«Werden Sie es tun?»

«Auf Wiedersehen, Michael.»

«Auf Wiedersehen, Jacqueline.»

Leslie Waddington brachte sie zur Bahn.

«Gott, bin ich froh, dass du abreist, Jack.»

«Hm?!»

«Denn du bist bestimmt nicht die richtige Frau für ihn.»

«Hm.»

«Wirst du, wirst du Lion Clark treffen?»

«Nein.»

«Weißt du, dass du ein ziemlich unglückliches Gesicht machst?»

Sie lachte.

«Leslie», antwortete sie, «ich habe alles auf eine Karte gesetzt, weil ich glaubte, ich hätte nichts zu verlieren, und nun?»

Er wartete schweigend, bis sie hinzufügte: «Leslie, ich habe etwas herausgefunden.»

«Nämlich?»

«Dass ich ein Herz habe.»

«Dann musst du ein sehr komisches kleines Herz haben, Jack.»

*

Seit zwei Wochen saß Jack im Bristol in Beaulieu. Eigentlich hasste sie die steife, altmodische Pracht dieses Hotelpalastes, aber wenn Michael Thomas kam, würde er als Engländer sich bestimmt hier zuerst nach ihr erkundigen. Und darauf wartete Jack. Sie vertrieb sich die Zeit mit Tennisspielen. Sie sauste im Auto durch die Gegend oder spielte in Monte. Neue vollkommen überflüssige Dinge wurden in Nizza gekauft. Manche aus Langeweile, manche, weil Michael Thomas sie bewundern sollte. Dabei machte sie die Erfahrung, dass Warten eine abscheuliche Angelegenheit war.

Und dieses Warten auf etwas Ungewisses machte sie kaputt, müde und nervös.

Dabei war alles so schrecklich einfach, fast primitiv. Sie hatte sich auf den ersten Blick verliebt in Michael Thomas, etwas, was sonst nur in Hintertreppenromanen vorkommt. Er schien ähnliche Gefühle für sie zu hegen, aber er wollte sie nicht. Diese beiden Dinge waren Jack bisher noch nie passiert. Sie hätte es auch niemals für möglich gehalten, dass sie sich wie ein kleines Mädel Hals über Kopf verliebte und dann, dass jemand sie nicht wollte.

Dieses letzte Jahr nach der strengen Klosterzucht hatte sie verwöhnt und selbstbewusst gemacht. Männer waren ihr in einer Weise entgegengekommen, die ihr fast lästig fiel.

Sie hatte mit ihnen geflirtet und sie schikaniert. Sie hatte sie einfach wie einen herrlichen Zeitvertreib behandelt, und die anderen hatten es sich gefallen lassen. Sie hatten ihre Wünsche und Launen und ihre schlechte Behandlung ertragen, wie Männer es sehr leicht tun, wenn sie so rettungslos fasziniert sind, dass sie sich einbilden, ohne die bestimmte Frau nicht mehr leben zu können. Jemand, den sie abgewiesen, hatte sich das Leben genommen, ein anderer ließ sich ihretwegen scheiden, Freunde entzweiten sich. Und Jack war immer sehr stolz gewesen, so etwas wie ein «Vamp» zu sein, und allmählich bildete sie sich auch ein, einen regelrechten «Vamp» comme il faut darzustellen. Jetzt musste sie auf einmal die Entdeckung machen, dass sie ein Herz besaß, genau dasselbe Herz wie die kleinen Zöglinge des Klosters, die sich nach der «großen, einzigen, wahren Liebe» sehnten.

Man kann deshalb verstehen, dass Jack über ihr Herz deprimiert und erschrocken war. Vielleicht hatte sie auch Angst, es bald gänzlich zu verlieren. Sie hatte ja alles auf eine einzige Karte gesetzt. Ihr unmögliches Benehmen an jenem Tage im Park Lane. Michael würde das nie verstehen können. Wie sollte er auch? Er wusste ja nicht um das vorhergegangene Gespräch mit Waddington.

«Wenn ich dir raten darf, Jack, dann benimm dich so fein und mädchenhaft, wie es dir nur möglich ist. Michael Thomas verabscheut Frauen deines Typus, die um alle Dinge Bescheid wissen und die es auch so offiziell bekennen.»

Jacks verächtlicher Blick traf ihn und hieß ihn schweigen. Sehr deutlich und langsam kam ihre Antwort.

«Vielleicht ist dein Rat gut, Leslie. Vielleicht bin ich ein abscheuliches Mädchen, weil mir die Liebe Freude macht, und vielleicht findet mich auch Michael Thomas deshalb widerwärtig. Aber ich bin nicht feige, Leslie, und ich würde niemandem zuliebe feige und unehrlich sein.»

Aus reiner Opposition war sie danach zu Thomas gefahren, hatte ihn mit Willen schockiert, und er hatte ihre Hand beim «Auf Wiedersehen» übersehen, aber er war doch am nächsten Tage gekommen und hatte sie gebeten, mit ihm durch Richmond zu fahren, um die Rehe zu füttern. Er war von ganz allein gekommen, von selbst hatte er über Shirley und sich gesprochen, ohne dass sie ihn durch Vorspiegelung falscher Tatsachen herbeigelockt hatte.

Jack hasste Lügen.

Alle Mädchen im Kloster hatten gelogen und waren dabei natürlich viel besser gefahren als sie. Aber Jack log aus Trotz nicht. Sie war viel zu stolz dazu. Lügen waren so unheimlich. So hinterhältig, gemein und unfair. Einmal hatte man sie belogen aus Güte und Mitleid. Aber ihr war die grauenhafte Wahrheit erträglicher als diese Beleidigung, dass man sie nicht für tapfer genug hielt, den Dingen ins Auge zu sehen. An all das dachte Jack, während sie, ein kleines Mädchen im hellen Schantungkleid, in den hängenden Gärten des Königs von Monaco saß, auf das Meer hinunterstarrte und auf Michael Thomas wartete.

Er konnte sie doch nicht einfach sitzen lassen mit ihrem, wie sagte Leslie, komischen kleinen Herzen? Langsam verliefen die Tage. Die Pfefferbäume blühten und dufteten ganz zart. Das Meer war blau und weit, und überall standen Mimosenbäume. Noch gab es reife Feigen und schon erste Apfelsinen. Jeden Morgen spielte die Kapelle im Bristol-Garten, wo man seinen Cocktail nahm, tanzte oder nach dem Tennis Orangeade trank.

Auf den roten Plätzen kämpften berühmte Größen Turniere aus. In Nizza gab es Pferderennen und in dem neuen Kasino in Beaulieu Tombolas und Reunions.

Jack lag meist teilnahmslos im Liegestuhl.

Der kleine Hotelboy schüttelte verwundert den Kopf. Wie alle Dienstboten liebte er Jack. Sie hatte ein entzückendes Lächeln, wenn sie um etwas bat. «Jonny, sei so gut und ...»

Alle anderen knipsten herrisch mit den Fingern und schrien «Waiter».

Engländer haben diese unangenehme Eigenschaft. Die Kellner waren eifersüchtig und stritten sich, wer sie bedienen durfte, und erst die Zimmermädchen. Sie verehrten Jack abgöttisch und nicht nur, weil es oft fast noch neue Schuhe und Hüte gab, sondern man konnte so nett mit ihr plaudern. «Nun, Josephine, was macht Pierre?»

Das war eben das Geheimnis. Jack nahm sie nicht als Nummer eins oder zehn, als verschiedene Klingelzeichen, sondern als Menschen.

Aber an diesem Morgen sagte Jonny: «Miss Mamroth scheint sich dieses Jahr nicht sehr wohl hier zu fühlen.»

«Ich warte, Jonny. Vielleicht hast du schon einmal gehört, dass Warten eine unangenehme Beschäftigung ist.»

«Ich verstehe», antwortete er und fügte mit der ganzen charmanten Frechdachsigkeit der Gegend hinzu: «Es tut mir leid, dass der Herr nicht kommt», und lief flink davon. Jack lächelte ihm belustigt nach.

Eine Woche später sagte sie: «Jonny, ich reise morgen ab.»

«Oh, Miss Mamroth! Nicht doch. Vielleicht können Sie noch zwei, drei Tage warten.»

«Aber ich langweile mich schrecklich, Jonny.»

Er schüttelte verständnislos den Kopf. «Langweilen, Miss? Es gibt doch eine ganze Menge netter Leute hier.»

Er senkte ein wenig seine helle Knabenstimme und flüsterte: «Der Portier sagte neulich, dass Miss Mamroth wieder einmal Saisonkönigin sei. Und jeden Tag, mein Ehrenwort, Miss, erkundigen sich Leute nach Ihnen im Büro. Zum Beispiel Mr. Barlow ...»

«Still sein, Jonny. Das nützt alles nichts.»

«Es tut mir sehr leid.»

Etwas später klopfte es an ihrem Zimmer. Sein Gesicht strahlte.

«Miss Mamroth, Miss Mamroth. Ich hörte es gerade. Für morgen sind zehn neue Herrschaften angemeldet. Vielleicht ...»

«Vielleicht.» Sie gab ihm ein ziemlich hohes Trinkgeld.

*

Sechs Tage später kam Michael Thomas. Seit einer ganzen Weile spielte Jack gerade zum ersten Male wieder Tennis. Sie entdeckte ihn, als es gerade ihre Aufgabe war.

Er kam sehr langsam durch das Portal des Bristol-Gartens. Er trug lange, weite weiße Hosen, und sein Hemd stand offen. Er setzte sich auf die grüne Bank am Platze. Er sah sich ein paarmal um, bevor er sie bemerkte. Leicht grüßend hob er die Hand. Love ball. Er war da. Smash – endlich, game. Geliebter Michael. Seitenwechsel. Kopfnicken. Spiel für den Gegner. Einerlei. Satz. Sieg.

Sie warf den Schläger einem Balljungen zu und lief quer über den Platz. Er stand sofort auf, als er sie kommen sah. Jetzt stand er am Drahtzaun, der die Plätze voneinander trennte. Sie presste das Gesicht von der anderen Seite gegen das Gitter.

«Tag, Michael.»

Er sah die kleine, zierliche Gestalt, die in dem kurzen Faltenröckchen ihres Tenniskleides noch kindlicher und zarter wirkte, dicht vor sich, und er errötete leicht.

«Guten Tag, Jacqueline.»

«Augenblick noch», bat sie und streifte einen blauen wollenen Pullover über, warf den Flauschmantel um die Schultern und kam zu ihm.

«Ich möchte eine Zitrone trinken, kommen Sie.»

Unbefangen schob sie ihren Arm durch den seinen.

«Endlich.»

Ein Seufzer entfuhr ihr.

Er blieb stehen und sah sie an.

«Haben Sie wirklich auf mich gewartet, Jacqueline?» Sie war zu glücklich, um zurückhaltend zu sein. Ihre Impulsivität trieb sie zu ihrem Geständnis.

«Ja.»

Ihre offene Art entzückte ihn. Er beugte sich und küsste die sonnenverbrannte Hand auf seinem Arm. «Sie müssen mir verzeihen.»

Sie lachte ihn an. Sie hatte ihn nicht verstanden. «Freuen Sie sich, mich zu sehen?»

Die Promptheit ihrer Frage machte ihn betroffen.

Aber diese ungekünstelte Natürlichkeit berührte ihn seltsam.

«Ja und nein», antwortete er nachdenklich, während sie sich an einem Tische direkt neben der niedrigen Balustrade niederließen.

«Oh!»

«Ich hoffte, Sie würden ungeduldig geworden sein und bereits abgereist. Aber Jacqueline, gewünscht habe ich mir wohl, dass Sie noch hier wären.»

«Darauf weiß ich keine Antwort.»

Jack löste langsam das Seidenpapier ihres Strohhalmes und bespritzte es recht ungezogen mit Wasser. «Ich bin gewiss sehr feige», sagte Michael Thomas und hob etwas hilflos die Schultern.

«Wieder einmal?»

«Ja. Einen Tag nach Ihnen bin ich auch abgereist.»

«Wo waren Sie?»

Er zögerte leicht.

«Ich – ich war die ganze Zeit über in Cannes.»

Sie zog die Unterlippe durch die Zähne. Endlich fragte sie: «War es wenigstens schön?»

«Nein», sagte er schnell, «aber Sie sind sehr gütig, Jacqueline.»

«Ich kann Ihnen doch unmöglich sagen, dass ich Sie einfach gemein finde?»

Das Blut schoss ihr in die Wangen.

«Entschuldigen Sie. Sie hatten natürlich gar keinen Grund, auf mich Rücksicht zu nehmen.»

«Vielleicht doch, Jack.» Sein Gesicht wurde ernst. «Und darum haben Sie ganz recht, wenn Sie mich gemein schelten, aber Liebling ...»

Er stockte.

«Was, Liebling?», fragte sie sanft zurück und trank in sehr kleinen, aufgeregten Schlucken ihre Zitrone, in die sie vergessen hatte, Zucker zu tun. «Man soll sich erst selber einmal über alles klar werden, bevor man Dinge sagt oder tut, die man verantworten muss.»

«Hast du?», sagte sie und wusste nur halb, dass sie ihm plötzlich das Du gab. «Hast du mich darum so lange warten lassen, damit auch ich mir Rechenschaft ablegen konnte?»

Er hob die Hand und ließ sie wieder fallen.

«Absichtlich, nein, Jacqueline. Ich musste erst einmal mit mir fertigwerden.»

«Und bist du jetzt fertig mit der ganzen Shirleygeschichte?», fragte sie geradezu.

Sein Mund wurde schmal. «Ja», sagte er kurz. Jack sprang auf. Wie gejagt lief sie davon. Sie musste jetzt allein sein.

Jonny fing sie am Rondell ab.

«Alles all right», schrie sie ihm zu.

Er verbeugte sich.

«Das freut mich für Sie, Miss Mamroth. In der Tat ...»

*

Sie saß sehr lange vor dem großen dreiteiligen Spiegel in ihrem Zimmer.

Mein Gott, dachte sie, ich glaube, ich habe mich wieder einmal unmöglich benommen. Was wird er von mir denken, aber er hat ja Liebling zu mir gesagt – Liebling – Liebling –.

Wo bleibt meine Überlegenheit? Meine Sicherheit? Macht denn die erste große Liebe auch die erfahrene Frau wieder zu einem kleinen Mädchen? Frauen sind komische Geschöpfe. Sie sehnen sich krank nach einem Manne, und ist er dann endlich da, so kokettieren sie mit denjenigen Leuten, die sie vorher nie beachtet haben. Warum und weshalb sie es tun, scheinen sie selbst nicht zu wissen. Sie zucken nur die Schultern, wenn man sie fragt. Frauen sind in dieser Beziehung ja viel taktloser als Männer. Aber Jack wollte Michael Thomas gewiss nicht eifersüchtig machen, trotzdem fing sie auf einmal an, mit Mr. Barlow zu flirten und Michael zu vernachlässigen. Aber Michael war viel zu klug, um sich zu einer Bemerkung hinreißen zu lassen. Er beobachtete sie schweigend. Auf diese Art gelang es ihm, Jack nervös zu machen. Sie jedoch war wieder viel zu stolz, um den abgeklapperten Satz: «Du machst dir wohl gar nichts daraus, wenn ...» anzuwenden, und wahrscheinlich wäre sie weiter mit Frances Barlow gebummelt und hätte sich selber um die verlorene Zeit geärgert, wenn Michael nicht eines Abends doch die Bemerkung gemacht hätte: «Ob ich wohl einmal einen Tag erlebe, wo du nicht tausend Verabredungen mit Gott weiß wem hast?»

Von da an fiel Mr. Barlow in eine unerklärliche Ungnade. Nach ein paar Tagen, in denen er sich vergeblich bemüht hatte, Jacks verändertes Wesen zu ergründen, gab er die Hoffnung auf und reiste ab.

*

Jack bummelte langsam die Promenade des Anglais hinunter. Die Sonne strahlte. Alles schien frisch und froh. Sie verliebte sich förmlich für eine ganze halbe Stunde in die Farbenpracht um sie herum. Das Meer schimmerte blau, und weiße Segel standen hell und scharf in der warmen, klaren Luft. Elegante Leute, teure Wagen und rassige Hunde belebten die breite Kaistraße.

Jack träumte vor sich hin. Michael hatte versprochen, heute Abend mit ihr zu tanzen. Wie schön das Leben war! Sie bog in eine Nebenstraße ein.

Wie auf die meisten Frauen übten die Auslagen der Geschäfte auf sie eine große Anziehungskraft aus. Sie kam nur langsam vorwärts. Immer wieder blieb sie stehen. Es gab so unendlich viel zu sehen. Dinge, die man längst kannte und die man überall in der Welt in den Läden wiederfand und die doch immer neu und immer schöner wirkten. Ab und zu ging sie in einige Geschäfte hinein, um sich nach Preisen zu erkundigen, und so fand sie sich plötzlich in einem rosa Kleid aus zartem Tüll vor dem Spiegel eines kleinen Ankleideraums stehen. Sie kaufte das unverschämt teure Kleid, weil ihr die Verkäuferin sagte, dass sie genau wie ein Backfisch darin aussähe, und weil sie wusste, dass Michael alles liebte, was jung und kindlich war. Sie ließ ihn am Abend absichtlich warten. Er lief schon ungeduldig in der blaugoldenen Halle auf und ab, als sie endlich, den Lift verschmähend, die Treppe hinunterkam.

Er blieb stehen, als er sie sah und beobachtete fast gespannt, wie die Stufen, die sie voneinander trennten, immer weniger wurden.

«Niemand», sagte er schließlich, «würde dich auf zweiundzwanzig Jahre schätzen. Du siehst aus wie eine Konfirmandin auf ihrem ersten Ball, Jack.»

Sie lächelte. «Mein erster Ball», dachte sie, «ach Michael, bin ich nun eigentlich dumm oder du?» Er tanzte besser, als sie es angenommen hatte, und seine Art zu tanzen überraschte sie. Er schien in dem Rhythmus der Musik förmlich aufzugehen, und ohne auch nur einmal ein Wort zu sprechen, führte er sie nach den Takten der Kapelle. Sie überließ sich seinen Armen wie eine Hypnotisierte. Sie hatte bisher nie gewusst, dass man auf eine so unbeschreibliche Art tanzen konnte. So leicht, so sicher und so vornehm. Leute blickten sie bewundernd an.

Es war sehr spät, als er sie endlich nach oben brachte. Vor ihrem Zimmer blieb sie stehen. «Ich möchte», sagte er, und es schien ihr, als ob er etwas verlegen wurde, «Jack, darf ich noch einen Augenblick hereinkommen?»

Sie nickte nur, während sie aufschloss, und ließ ihn eintreten. «Mach kein Licht», bat er, «die Laternen am Portal müssen gerade noch hereinscheinen.» Sie folgte seinem Wunsche und setzte sich langsam in den steifen, unbequemen Stuhl, der vor dem abscheulichen Rokokoschreibtischchen vor ihr stand; die Hände in den Taschen vergraben, betrachtete er sie schweigend.

«Was willst du, Michael? Hast du mir etwas zu sagen?»

«Ja», sagte er, «ich wollte dir nämlich sagen, Jack, dass ich dich heiraten möchte.»

Diese Worte wirkten so überraschend auf sie, dass sie einen kleinen Schrei nicht unterdrücken konnte.

«Was?», stammelte sie.

Er tat etwas, was Männer heutzutage altmodisch finden und was Jack sicherlich bei jedem anderen Manne lächerlich berührt hätte, er kniete neben ihr nieder und legte seinen Kopf auf ihre Hände. Einen Augenblick lang waren beide sehr still, dann begann er sehr schnell zu reden. «Jack, als du damals stürztest in Queens Hall und ich dich aufhob, da wusste ich schon, dass du die Frau warst, die einzige Frau sein könntest, die ich je wieder imstande wäre zu lieben. Aber ich sagte dir schon, ich musste erst einmal mit mir selber fertigwerden. Ich hatte lange über mein neues Leben nachgedacht, bevor ich aus meiner Einsamkeit nach Europa zurückkam. Ich hatte mir alles ausgemalt, mir jede Möglichkeit überlegt und mit allen Dingen gerechnet, nur nie damit, dass wieder eine Frau in mein Leben treten könnte. Dann sah ich dich, so klein, so rührend jung und zart. Und dieses neue Gefühl für dich überwältigte mich. Alles, was geschehen ist, war gut so, folgerichtig, ja notwendig. Nie in meinem Leben werde ich jenen Morgen vergessen, wo du zu mir kamst. So entzückend jung und mit jener impulsiven Aufrichtigkeit, wie sie sonst nur Kinder besitzen oder ganz unberührte Mädchen. Damals freilich, nicht böse sein, Jack, misstraute ich dir. Ich hielt deine skrupellose Offenheit und dies faszinierende Ehrlichsein für Raffinement. Aber raffinierte Frauen warten nicht wochenlang, sie haben nicht so viel Herz und daher keine Geduld nötig, und dann – glaubte ich dir – Jack, vielleicht bin ich das, was du immer sagst, ein altmodischer Mann, weil es für mich immer noch Illusionen gibt und weil es mein Ideal ist, eine unberührte reine Frau mein zu nennen – als ich Shirley heiratete, glaubte ich in ihr die Erfüllung meines Ideals zu finden. Aber ich täuschte mich. Doch jetzt – oh – endlich – Jack. Es ist nicht ein bisschen übertrieben, Liebling, ich habe mich immer nach jemandem gesehnt, der so ist wie du. – Jetzt habe ich dich, Jack. Ich möchte dich haben und nie hergeben müssen. Jack – Ehe ist eine entsetzliche Angelegenheit, und ich kann verstehen, dass du dich vor ihr ängstigst. Du bist ja noch solch ein Kind. Aber ich kann dich nicht verlieren, Jack, und darum – werde meine Frau.» Jack schwieg. Alle Sinne waren angespannt und lauschten intensiv auf seine Stimme.

«Liebes, du musst Vertrauen zu mir haben. Ich werde dich schon behüten und dir immer beiseitestehen. Für mich ist Liebe – entschuldige – keine Bettangelegenheit.

Ich habe keine Religion. Aber wenn, dann fasse ich die Liebe zwischen zwei Menschen wie eine Religion auf, nach der man leben muss, rein, treu und stark. Verstehst du mich, Jack? Es klingt alles so schrecklich pathetisch, nicht wahr? Aber du musst fühlen, was ich meine. – Ich weiß, man kann keine Garantie für die Dauer seiner Gefühle abgeben, aber ich behaupte trotzdem, dass ich dich immer lieben werde.»

Jack schwieg.

Ihr Herz klopfte zum Zerspringen, und die wilden Schläge dieser komischen kleinen Maschine schmerzten sie.

«Du sollst sehr glücklich sein, Jack. Man kann Menschen, Frauen nicht beherrschen, aber wir werden eine wunderbare Kameradschaft führen – neben allem anderen.»

Jack schwieg noch immer. Er hob den Kopf und flüsterte: «Liebling, ich habe eine wahnsinnige Sehnsucht nach dir. Verstehst du, was es heißt, wenn ein Mann Sehnsucht nach einer Frau hat?»

«Du willst mich heiraten?», brachte Jack endlich hervor, aber ihre Stimme war ohne jeden Klang.

«Ja», sagte er einfach. Sie ließ die Lider über erschrockene, zerquälte Augen fallen. Sie wagte nicht, sein Gesicht zu sehen.

«Man kann», murmelte sie endlich, «auch ohne Heirat sehr glücklich sein.»

Sie blinzelte nun doch, sah den betroffenen Blick in seinen Augen und wollte noch etwas hinzufügen, als er schon antwortete.

«Vielleicht, Jack. Aber Gott sei Dank bist du kein Mädchen, dem man es wagte, ein Verhältnis anzubieten und dann – du – musst mir gehören. Ich will sagen können – das da ist meine Frau – verstehst du – komm, antworte.»

Aber Jack schwieg. Sie saß da wie gelähmt und fühlte, wie seine Augen an ihren Lippen hingen, die vor Erregung ganz trocken waren.

«Warum antwortest du nicht?»

Er suchte ihre Hände. In der Art, wie er es tat, erkannte sie Angst und Ungeduld vor ihrer Entscheidung. Er wartete.

Eine Uhr tickte leise.

Sie konnte den Nachtwind hören, der in den Palmen spielte.

«Warum bist du so still?»

Sie versuchte zu lächeln, aber es misslang und wurde eine traurige, kleine Grimasse. Er stand auf und setzte sich in einen Stuhl ihr gegenüber. Sie fühlte, wie ihr Schweigen ihn stutzig machte, wie es mit jeder Sekunde wuchs, schwerer wurde, drückender, gefährlicher, zweideutig.

«Jacqueline?!»

«Ich liebe dich, Michael», stammelte sie fast unhörbar, und ihre Schultern zuckten hilflos. «Aber – aber – ich weiß nicht recht, ob eine Ehe für – uns das Richtige ist.»

Er fuhr so heftig auf, dass sie zusammenschrak.

«Und weshalb nicht? Bitte, weshalb nicht?»

Jack erhob sich langsam. Sie stand etwas gebückt, als sie leise bat:

«Lass mir Zeit, Michael.»

«Oh», sagte er, «Liebling, habe ich dich erschreckt? Natürlich sollst du es dir überlegen.» Sie machte ein paar Schritte auf ihn zu und streckte ihm ihre Hand entgegen.

«Ich möchte schlafen gehen, Michael. Morgen sag ich es dir.»

An der Verkleidungstür zum Schlafzimmer blieb sie stehen.

«Gute Nacht, Michael.»

«Gute Nacht. Schlafe gut.»

«Du auch.»

«Ich warte hier.»

Sie sah ihn groß an, und er erklärte lächelnd: «Bis du es dir überlegt hast, Jack.»

«Aber», wandte sie ein.

«Einerlei: Zeit spielt keine Rolle.»

Er zündete sich eine Zigarette an. Kopfschüttelnd vor Verwunderung schloss Jack die Tür.

*

Umständlich entkleidete sie sich. Sie hockte im Pyjama auf dem Bettrand. An Schlafen war nicht zu denken. Wie wilde Pferde tobten die Gedanken in ihrem Kopf. Sie stützte das Kinn in beide Hände und zählte mechanisch das bunte Blumenmuster auf dem geschmacklosen und etwas abgenutzten Teppich nach.

«Mein Gott», flüsterte sie, «was soll ich tun?»

Sie lauschte in das Wohnzimmer hinüber. Sie hörte,

wie er unruhig auf und ab ging. Auf und ab. Mit einem plötzlichen Ruck warf sie sich zurück und zog die Steppdecke über die Ohren.

«Was sagte er – ich sei sein Ideal des jungen Mädchens. Narr. Narr. Kann ich ihm denn sagen, dass ich nichts von dem bin, was er sich denkt und wünscht? O Leslie, Leslie – ich habe Angst.»

Sie knipste das Licht der Nachttischlampe an und suchte einen Filmpack hervor. Lange betrachtete sie ein kleines unscharfes Foto. «Sage ich es ihm, so verliere ich ihn für immer. Oh – ich darf nicht heiraten.»

Sie presste den Kopf in die Kissen und wimmerte leise vor sich hin.

«Ich muss doch antworten. Ich muss doch mein Nein begründen. Und dann ist alles aus. Lieber Gott, was soll ich tun?»

Sie lag ganz still. Ein kleines Mädchen, das sich keinen Rat weiß. Sie legte die Hände auf das Herz. «Michael, Michael, ich liebe dich», murmelte sie vor sich hin. Drinnen wurde mit leisem Lärm ein Fenster geöffnet. Plötzlich schoss Jack ein Gedanke durch ihr zermartertes kleines Hirn.

«Lüge», dachte sie, «nichts sagen. Michael braucht ja nie etwas zu wissen von dem, was war.»

Sie biss die Zähne hart aufeinander.

«Betrug», dachte sie, «pfui Teufel, wie gemein. Das fehlt noch nach Shirley. – Aber er wird ja nichts wissen. Ich werde lügen.»

Ihre Lippen bebten. Sie schloss wieder die Augen. «Liebe ich ihn denn so stark, so irrsinnig, dass ich seinethalben eine Lüge auf mich nehmen kann? Ich und lügen – dann – ist meine Liebe denn so groß?»

Und ihr zerquältes kleines Gesicht wurde schneeweiß. Eine lange Weile saß sie so mit hochgezogenen Knien in dem Messingbett. «Weiß Gott», flüsterte sie, «weiß Gott – ich liebe ihn.»

Sie stand auf, schlüpfte in ihre Mokassins und riegelte die Tür auf.

Michael saß noch immer in demselben Stuhl, und es schien ihr, in derselben gespannten Haltung. Nur die Luft im Raum war blau und schwer von unzähligen Zigaretten. Als sie sein Gesicht sah, musste sie unwillkürlich an ein gejagtes Raubtier denken. Dann fiel ihr Blick auf die Uhr. Über zwei Stunden wartete er hier.

«Michael», wisperte sie.

Er sah sie jedoch nicht an.

«Ja», sagte sie, und noch einmal «ja, Michael, ja.»

Sie wunderte sich selbst über ihre Stimme, die merkwürdig hell und froh klang.

Michael rührte sich nicht. Jack stand sehr still auf der Schwelle der weit offenen Tür.

«Michael!», rief sie leise.

Unerwartet plötzlich sprang er auf. Aber er kam nicht zu ihr und in das warme, verschwiegene Dunkel, das hinter ihr lag.

Er ging an ihr vorbei, auf die Flurtür zu, öffnete sie und stolperte leicht über die zum Putzen herausgestellten Schuhe. Aber sie sah, wie der große starke Körper des Mannes bebte.

*

«Miss Mamroth, Herr? Aber Miss Mamroth ist heute ganz früh abgereist.»

Michael, der am Frühstückstisch vergeblich auf Jack wartete, war wie vom Schlag getroffen. Was um Gottes willen hieß das? Hatte sie es sich anders überlegt? Aber da kam Jonny.

«Miss Mamroth lässt grüßen, Herr. Und Sie möchten am zweiten Februar im Hotel Adlon, Berlin, sein.»

Zweiter Teil

1

June Mamroths Haar war rotblond. Viele Leute behaupteten, dass es gefärbt sei. Aber diese Leute kannten eben June nicht und ihre unerklärlichen Abneigungen gegen alles Schminken.

Es gibt eine ganze Menge Menschen, die in der Kriegszeit oder Inflation Vermögen und Schmuck verloren haben und die niemand dazu bringen kann, Theklaperlen oder die lustigen hübschen Ketten von Chanel oder Worth zu tragen. – June war noch schmaler, noch zierlicher als Jack, aber längst nicht so muskulös. Von Jack behauptete der Arzt, dass sie zart, aber zäh sei, doch June war nur zart, ein kleines zerbrechliches Persönchen. Jack wusste das. Und ihr Verhältnis zu June war darum ungefähr das eines großen Bruders zu seiner kleinen Schwester. Jack fühlte sich verantwortlich für June. Man musste sie beschützen, weil sie Angst hatte vor allem – Angst vor dem Leben. Und June war Jack ungeheuer dankbar dafür. So dankbar, wie es nur sehr anständige Menschen sein können, die mutig genug sind, sich einzugestehen, dass sie ohne den anderen zugrunde gehen würden.

June betete Jack an. Jack war ihr alles und war es ihr immer gewesen, die tapfere, schöne Jack.

Kindererlebnisse banden sie fest aneinander.

Nie im Leben hätte June vergessen können, wie

brav Jack für sie eingestanden war. Niemand durfte sie necken, niemand sie quälen. Jack kratzte, biss und spuckte, sobald man June angriff. Sie bekam Arrest wegen ungebührlichen Benehmens, die Süßspeisen wurden ihr entzogen.

Jack lachte nur. «Lass nur, wenn sie dir bloß nichts tun.» June war in der Schule die Klügere von beiden. Der Unterricht interessierte sie, Jack langweilte er. Und während June fleißig und begeistert ihre Arbeit tat, bekritzelte Jack ihre Löschblätter oder verfertigte allerhand kleine Dummheiten. Oft musste die Jüngere Jack helfen, wenn sie mit ihren Aufgaben nicht zurande kommen wollte. Und Jack revanchierte sich, indem sie den großen Barren, vor dem June in der Turnstunde eine schreckliche Angst hatte, heimlich tiefer schraubte. Nachts, wenn der Wind um das alte Klostergemäuer tobte und man die Ratten über den Hängeboden laufen hörte; schlich Jack, ein kleines vorsichtiges Gespenst, durch die langen, dunklen Gänge in den Schlafsaal der kleineren Schwester. Dort kroch sie zu ihr in das schmale, harte Bettchen und erzählte mit unermüdlicher Geduld lange, wunderbare Geschichten von guten Feen und schönen Prinzen, bis June sanft schlief. Natürlich wurden ab und zu diese nächtlichen Eskapaden bemerkt. Jack musste fünfzigmal in Schönschrift schreiben: «Ich darf abends nach acht Uhr weder mein Bett noch das Zimmer verlassen.» Aber trotz aller Strafen kam sie immer wieder, wenn June ängstlich war und Gespenster zu sehen glaubte.

Beide fanden nur sehr wenig Anschluss. Die meisten

Mädchen fürchteten sich vor Jack, fanden sie hochmütig und arrogant, und andere zuckten schon etwas resigniert die Schultern.

Man konnte Jack ja doch nie alleine haben. Immer musste das Baby, die drei Jahre jüngere June, dabei sein. Nichts ohne June, kein Vergnügen, kein Streich. Und dann waren die beiden noch so schrecklich eifersüchtig aufeinander.

Einmal gab es eine entsetzliche Zeit für June. Das war kurz nach Jacks fünfzehntem Geburtstag. Da schien Jack sie auf einmal gar nicht mehr zu beachten.

Sie ging Arm in Arm mit Monique de la Condamine, und eines Tages sah June, die ihnen heimlich, von Eifersucht und Trauer zerquält, nachspionierte, wie sich die beiden hinter einem Baume küssten. June konnte sich nicht daran erinnern, jemals so von Jack geküsst worden zu sein, und sie litt furchtbar.

Fast keine Nacht konnte sie schlafen. Erst gegen Morgen weinte sie sich in einen von Träumen unruhigen Schlummer. Wo war Jack? Was war mit ihr? Hatte Monique sie verzaubert?

So verstrichen fünf Monate, in denen June oft dachte, vor Einsamkeit sterben zu müssen. Dann endlich, endlich kam der Abend, wo Jack wieder zu ihr in das schmale, harte Bettchen kroch. June erfuhr die große Neuigkeit, Jacks wahnsinnig interessantes, aufregendes Geheimnis. Auf einem Spaziergang musste Jack stehen bleiben, weil ihr Strumpfband gerissen war. Plötzlich war jemand auf sie zugekommen. Ein Junge mit bunter Schülermütze. Er hieß Guy. Weiter wusste Jack nichts von ihm und wollte es auch gar nicht, denn es war viel schöner, sich alles so ausmalen zu können, wie man es sich wünschte. Jedenfalls hatte er sie auf einmal, ganz unerwartet – geküsst. «Und dieser Kuss, du», gestand Jack, «war ganz anders, als wenn Mädels küssen, und ich will jetzt überhaupt nichts mehr mit Mädels zu tun haben, sie lachen so dumm, wenn man sie kitzelt.» Erst dann fiel ihr ein, zu wem sie eigentlich sprach. Sie presste Junes Händchen so stark zusammen, dass es sehr wehtat, und bat: «Versprich mir, dass du das alles sofort vergisst.» Folgsam versprach es June, aber sie vergaß es doch nie. Sie war schrecklich wütend und eifersüchtig auf den frechen Kerl mit der bunten Schülermütze. Aber schließlich: Was war schon ein Junge, der Guy hieß, und es gab wenigstens keinen Guy im Kloster, und sie brauchte nicht mehr den ganzen Tag mit traurigen Augen zuzusehen, wie Jack und Monique geheimnisvolle Zärtlichkeiten tauschten.

Kurze Zeit darauf verschwand Monique überhaupt ganz und gar. Man hatte einen Brief in ihrem Aufsatzheft gefunden, der die Überschrift trug «Geliebte, du», und sagte, sie sei krank und müsse in ärztliche Behandlung.

Jack blieb bis zu ihrer Volljährigkeit bei den frommen Schwestern. Doch schon mit siebzehn Jahren stellte sie fest, dass die Schwestern nur am Tag fromm waren. Seitdem nahm sie sie nicht mehr ernst. Sie verlor den Respekt vor ihnen und galt daher allgemein als das schwarze Schaf.

Ihr Vormund ließ sie dort, trotz aller flehentlichen

Briefe. Er war ein sehr bequemer alter Herr, der keine besonderen Ambitionen hatte, sich den Kopf darüber zu zerbrechen, was er mit Jack nach ihrem achtzehnten Geburtstag anfangen sollte.

Jack brachte es fertig, mit neunzehn Jahren über die Mauer zu klettern, um die Nächte außerhalb zu verleben und das zu tun, von dem die Mädchen im Saal III mit halblauten Stimmen sprachen und vor dem June eine hysterische Angst hatte.

Während zweier Jahre kletterte Jack jede Woche einmal über die hohe, steile Gartenmauer. Sie brachte Blumen mit, Konfekt und herrliche Bücher. Natürlich beneidete man sie. Übrigens war sie längst nicht die Einzige, die es verschmähte, in dem zu kurzen Bettchen bei den frommen Schwestern zu schlafen. Aber sie machte nicht, wie die anderen, ein Geheimnis aus ihrem Tun. Dann endlich wurde sie mündig.

«Lass mich nicht allein», bettelte June, «Jack, ich sterbe, wenn du mich hierlässt.»

«Morgen hole ich dich ab», versprach Jack, und sie holte June auch am nächsten Tage.

June hatte übrigens nicht einen Augenblick daran gezweifelt, dass Jack kommen würde.

June war der einzige Mensch, dem Jack je gesagt hatte, «Du kannst dich auf mich verlassen.» Und June wusste, dass sie es durfte. Auf Jacks Worte konnte man Gift nehmen, so sicher konnte man sich auf sie verlassen. June wusste aber auch, dass sie die Einzige war, der Jack ein solches Versprechen gab. Alle anderen haute sie vergnügt übers Ohr. «Sie sind solche Schafsköpfe», entschuldigte sie sich lachend, wenn man ihr Vorhaltungen machte, «dass sie es wirklich nicht anders verdienen.»

Niemand kann es June verdenken, dass sie sehr stolz darauf war, von Jack nicht als «Schafskopf» betrachtet zu werden. So holte sich Jack ihre Schwester.

«Wie hast du das fertiggebracht?» Jack kicherte. «Ich habe Sir George darüber aufgeklärt, dass die frommen Schwestern nicht immer ein gutes Beispiel geben. Ich glaube, es war ihm etwas peinlich.»

Sie fuhren nach Berlin.

June, die eben ihr Abitur bestanden hatte, entschloss sich, ganz aus heiterem Himmel, Geschichte zu studieren. Ein Grund, dass Jack plötzlich anfing, auf ihren Vater und Vererbungstheorien zu schelten.

«Mach, was du willst», sagte sie kopfschüttelnd. Doch immer blieb es ihr rätselhaft, dass June gar keine Lust verspürte, sieh erst einmal ein bisschen die Welt anzusehen.

«Und was soll ich tun?», fragte sie fast hilflos, «ich kann dich doch unmöglich in dieser fremden Stadt allein lassen.»

«Fahr du», bat June, «ich werde schon allein fertig, wirklich.» Erst nach einem Monat entschloss sich Jack, noch immer zögernd, zu fahren. Sie hatte Sehnsucht nach dem Leben, war mit einer kindlichen Neugier auf alles gespannt.

Sie versuchte, das Ihre zu tun, um June unangenehme Situationen zu ersparen.

Am Abend vor ihrer Reise hockten sie beide auf Jacks neuem großen Schrankkoffer.

«Liebling», sagte Jack, «du musst mir etwas versprechen. Wenn – Dinge der Liebe an dich herantreten, dann lass es mich wissen. Frage mich, wenn du Rat brauchst. Ich weiß nicht viel, aber doch mehr als du.»

Und mit dem ganzen Zynismus ihrer enttäuschten Jugend fuhr sie fort: «Ich glaube nicht, dass es Liebe gibt. Es ist nur Einbildung, nur ein Caché für Dinge, die ziemlich unangenehm sind. Ich bitte dich um eines, überschätze diese Dinge nicht. Gib dich keinen Illusionen hin, aber nimm es auch nicht zu tragisch. Und, June, erlaube unter keinen Umständen einem Manne eine Intimität, wenn du diese Intimität dir nicht selber wünschst. Ich bin anders als du, Liebling. Härter, weißt du, seelisch härter, aber ich will nicht, dass du kaputtgehst.»

Jack reiste, aber June hatte nie das Gefühl, dass sie allein war, wenn sie sich manchmal auch etwas einsam fühlte. Briefe kamen und gingen. Lange, vertrauliche Briefe von June, kurze Mitteilungen von Jack. Sie sprach sehr wenig über sich und fast nie über ihre Erlebnisse.

June fand bald viele Freunde, meist junge Künstler, Dichter und Maler.

Manche Frauen besitzen die seltsame Eigenschaft, auch den ungezügeltsten Mann im Zaum zu halten, und Junes natürliche Jungfrauenschaft zwang ihnen einen freiwilligen Respekt ab.

Jeden Monat kam Jack auf ein paar Tage. Sie empfand es als ihre Pflicht, sich persönlich um June zu kümmern. Nie wurde der Kontakt zwischen ihnen gestört. Im Gegenteil. Niemand hätte Jack diese tiefe Zärtlichkeit zugetraut, mit der sie June behandelte. Aber wenn June von sich berichtete, dann lächelte sie verständnislos.

«Noch immer keinen Mann. Ich werde dir wohl noch einen aussuchen müssen, June.»

Jedes Mal, wenn sich die Schwestern wiedersahen, nahm Jack June in die Arme.

«Weißt du auch, dass du noch immer der einzige Mensch bist, den ich wirklich liebe?»

Manchmal konnte June des Nachts nicht schlafen. Dann lag sie wach und grübelte. Sie ahnte, was sie beunruhigte.

«Noch immer», hatte Jack gesagt. «Noch immer.» Sie hatte eine große Angst vor der Stunde, in der Jack das nicht mehr sagen könnte. Sie wusste, dann war sie allein. Aber Jack hatte von diesen durchwachten, zerquälten Nächten nicht die leiseste Ahnung.

2

Mit langen Schritten lief Jack ungeduldig vor der Universität auf und ab.

Von Paris aus hatte sie June ihre Ankunft telegrafiert, und June depeschierte in der bezahlten Rückantwort:

«Hole mich ein Uhr Kolleg ab.»

Mit dem Nachtzug war Jack gekommen, gegen sieben Uhr früh in Berlin gewesen und ins Hotel gegangen. Meist schloss June dann ihre kleine Neubauwohnung am Reichskanzlerplatz ab und zog zu der Schwester in das Hotel.

«Hallo, Jack!»

«June.»

Mitten auf der Straße küssten sie sich herzlich. Übrigens genierte sich Jack nie, ihre Gefühle zu zeigen, wo sie auch immer sein mochten. Und vielleicht war es diese Offenheit, die dazu beitat, sie in einen leichtfertigen Ruf zu bringen. Sie hakte June unter und zog sie mit sich fort.

«Gehen wir essen, ja?»

Im Hotel Adlon kannte man sie und bediente sie aufmerksam.

«Weißt du, dass du hundeelend aussiehst, Jack?»

«Ich? Ach ja. Ich kann doch nie im Schlafwagen schlafen.»

«Nach einer durchwachten Nacht sieht man doch

nicht so aus. Was ist, Jack?» und June legte ihre Hand auf den Tisch und ließ sie von Jack streicheln.

«Später, Liebling. Es ist allerhand passiert.»

«Schlimme Dinge?»

Jack lächelte. «Nein, nein, nichts Schlimmes.»

June hob ihren Kopf und sah ihre Schwester verwundert an.

«Du gefällst mir heute gar nicht», bemerkte sie.

Wieder hatte Jack nur ein verträumtes Lächeln um den Mund, und June stellte etwas beunruhigt fest, dass sie dieses Lächeln an Jack nicht kannte.

Sie fuhren im Lift hinauf zu den Zimmern, die man für sie frei gemacht hatte.

«Ich habe wieder mal viel zu viel gegessen», sagte sie seufzend und klingelte nach einem Kognak. Sie streifte das türkisblaue Jerseykleidchen über den Kopf und stand halb nackt, mit entblößtem Oberkörper in ihrem kurzen rosa Schlüpferchen da. June sah ostentativ aus dem Fenster.

Sie wusste, dass Jack makellos schön gebaut war, aber sie hatte heute gar keine Lust, die zarte Rundung der sehr kleinen Brüste zu sehen oder den herrlich modellierten Rücken, der sich knabenhaft nach den Hüften verengerte. Jack ahnte nicht, dass es June peinlich war, sie halb nackt im Zimmer zu wissen. Jack merkte nicht, dass sich die kleine keusche June, die eine so wahnsinnige Angst vor dem Manne hatte, gerade in jener Entwicklungsphase befand, in der die fünfzehnjährige Jack damals Monique de la Condamine so abgöttisch liebte.

Aus dem Schrankkoffer, der größer war als sie, holte

sie sich einen bunten, seidenen Kimono, warf sich auf ihr Bett und deckte sich mit ihm zu. June stand noch immer am Fenster. Erst jetzt sah Jack, dass ihre Schultern zuckten.

«Was ist dir?», fragte sie sanft.

«Weinst du etwa?»

June drehte sich mit einem Ruck herum. Ihre Augen standen voller Tränen. Heller, runder Tränchen, so wie Kinder sie weinen, wenn man sie ungerechterweise schlägt.

«Du bist so verändert, Jack – so gänzlich verändert – wie eine Fremde. O Jack, Jack, was hat dich so fremd gemacht?»

«Komm hierher, Liebling. Setz dich zu mir. Ich bin nicht anders, nicht so anders, wie du vielleicht denkst, aber ich habe etwas auf dem Herzen.»

«Kannst du mir denn nicht sagen, was das ist? Vielleicht kann ich dir helfen.»

«Wenn mir jemand helfen kann», murmelte Jack langsam und nahm eine Zigarette, «dann bist du es.»

«Nun?»

«Liebling, ich habe eine Bitte an dich. Eine sehr große Bitte.»

«Sag sie schon.»

«Warte. Erst musst du mir versprechen, es auf keinen Fall zu tun, wenn du meinst, es könnte dir irgendwie schaden.»

«Gut, aber bitte?»

Jack sah Junes kleines, konzentriertes Gesicht vor sich.

«June – –»

Komisch. Es war so schwer, ihre Gefühle einem Dritten gegenüber in Worte zu kleiden. Selbst wenn dieser Dritte ihr bisher am nächsten von allen Menschen gestanden hatte.

«Ich – ich liebe einen Mann.»

Sie blies den Rauch ihrer Zigarette mit einem Atemzug dick heraus. So sah sie nicht, wie sich Junes Gesicht veränderte, wie die leichte Spannung des Mundes zusammenfiel und das Kinn leicht zu zittern begann.

«Oh, entschuldige.»

Jack wehte mit der Hand durch den Qualm. June rieb sich die Augen. Eine ganze Weile waren sie still. Es ist eine schwierige Angelegenheit, sich zu den Geständnissen anderer äußern zu müssen, aber schließlich sagte June das, was sie dachte.

«Ich wusste es, Jack.»

Jack lachte.

«Das sagen immer alle Leute, nachdem man ihnen gewisse Dinge erzählt hat.»

«Ich fühlte es aber.»

Junes ernste Stimme ließ sie aufhorchen.

«Wie konntest du?»

June lächelte, ein sehr wehmütiges, kleines Lächeln.

«Deine Briefe wurden plötzlich länger.»

«Oh!»

«Aber weiter jetzt, Jack.»

«Ja – also ich liebe ihn.» Jack richtete sich etwas auf. «Ich habe nie geglaubt, dass ich lieben, so lieben könnte, und, June, ich werde ihn heiraten.»

Ein leiser Aufschrei.

«Nicht wahr, da wunderst du dich. Ich glaube es manchmal ja selber nicht. Es ist nämlich so wunderbar, dass man es sich gar nicht vorstellen kann. Aber was hast du denn, June?»

«Nichts, nichts.»

June war aufgesprungen. «Ich glaube, Jack – ich bin eifersüchtig.»

«Ach, Kleines. Was für ein Unsinn. Du verlierst doch dadurch nichts von mir.»

«Nein, aber ich muss teilen.»

Jack sah sie erstaunt an.

«Aber was ist denn? Warum bist du so aufgeregt?»

«Ich will nicht, dass du heiratest», schrie June, die sich nicht mehr zusammennehmen konnte. «Jack, ich will es nicht – ich will es nicht. Du sollst es nicht.»

«Aber June?»

«Weißt du denn nicht, was du damit tust?»

«June, hör doch, Michael – –»

«Sei still von ihm, Jack. Bitte, bitte. Sprich nicht von ihm. Ich will nicht wissen, wie er heißt, was er ist oder wie er aussieht. Sei doch nicht so grausam, Jack. So unmenschlich. Erzähle mir doch nichts von ihm. Weißt du denn nicht, dass du mich quälst? Ich weiß doch, wie du bist, Jack. Wenn du jemand liebst, dann gehörst du ihm auch. Oh, und du hast noch nie gesagt, dass du jemand liebst.»

«Aber, aber, June.»

«Sei still, du. Wie heißt der Kerl, der dich mir wegnehmen will? Michael. Du wirst auch zu ihm ‹Liebling› sagen und du – wirst ihn küssen.»

«June, Kind. Ich habe – du weißt es doch – schon viel geküsst.»

«Das ist etwas ganz, ganz Verschiedenes. Michael wirst du anders küssen.»

«June.»

«Jack, sag – du – liebst ihn?»

«Ja.»

«Du machst mich kaputt. Du zerbrichst mich.»

«Aber was heißt denn das? Beruhige dich. Das sind doch Dinge, die man gar nicht vergleichen kann.»

«Jetzt muss ich dich teilen. Du hast immer gesagt, dass die einzigen Gefühle, die du aufbringen könntest, mir gehörten, und nun – –»

«Bitte, weine doch nicht so.»

«Du sollst ihn nicht heiraten.»

«Das wird unmöglich sein, wenn du dich dagegen sträubst.»

«Das verstehe ich nicht.»

«Ganz einfach, June. Ich kann Michael nicht heiraten, wenn du mir nicht hilfst.»

«Helfen!! Ich soll? Du bist verrückt – meinst du etwa, ich sollte dir helfen, diesen Mann zu heiraten?»

«Ich wollte dich darum bitten», sagte Jack leise. June begann zu lachen.

«Ich liebe dich, Jack. Du bist der einzige Mensch, den ich auf der Welt habe, und du verlangst von mir, dass ich dazu beitragen soll, dich zu verlieren? Verrückt!»

«Gut – ich verlange es nicht mehr.»

Jack erhob sich brüsk.

«Dich liebte ich, June, und darum bin ich zu dir

gekommen, weil ich dich brauchte. Du versagst – all right.»

Sie zuckte die Achseln.

«Aber das tut nichts zur Sache, Kleines. Wirklich nichts. Einerlei, ob du mir nun hilfst oder nicht. Teilen musst du mich eines Tages doch, ob ich nun Michael heirate oder nicht. Nur so machst du mich vielleicht ein bisschen unglücklich.»

Sie ging an June vorbei in das Badezimmer. June blieb mitten unter dem Kronleuchter stehen. Von nebenan hörte sie den leisen Lärm des Wassers und Jacks Pfeifen. Sie legte die Hände auf ihr Herz, das merkwürdig langsam schlug.

3

Sie sahen sich im Verlauf des Tages nicht mehr. June blieb im Hotel, und Jack nahm sich eine Taxe und fuhr in die Stadt. Sie kam mit Paketen beladen heim. Herzlich wie immer sagte sie «Guten Abend». Sie schien das Gespräch nach Tisch vollkommen vergessen zu haben. Jedenfalls ließ sie sich nichts von der Angst merken, die sie fast aufzufressen drohte.

«Hast du Lust, ins Theater zu gehen?»
«Nein.»
«Gut, dann gehe ich allein. Hoffentlich langweilst du dich nicht.»
«O nein. Ich bin müde und werde früh schlafen.»
«Schön, ich werde spät heimkommen, June. Ich traf Bekannte.»
«Amüsiere dich schön. Aber es wäre vernünftiger, dich auch bald hinzulegen, nach der Reise.»

Jack zuckte die Schultern, und June bemerkte, dass sie es auf eine sehr resignierte Weise tat. Sie ging gleich, nachdem sie sich umgezogen hatte, und ließ June allein. June ging zu Bett, aber sie fand keinen Schlaf.

«Du machst mich vielleicht unglücklich.»

Jacks Worte gingen ihr nicht aus dem Kopf.

War sie egoistisch? Diese Frage quälte sie, bis Jack lange nach Mitternacht ihr Zimmer betrat. Sie stellte sich schlafend, aber sie hörte, wie Jack sich an ihr Bett schlich, sie eine Zeit lang betrachtete und sich erst dann auszog. Fast eine Stunde verstrich, bevor Jack das Licht löschte, und dann hörte sie, wie sich Jack unruhig herumwarf. Täuschte sie sich, oder weinte Jack? Sehr dumm anzunehmen, dass Jack nie weinte. Vielleicht hat sie es getan, aber jedenfalls hatte es nie jemand gesehen, nicht einmal June, und daher war sie sehr erschrocken. Jack und Tränen! Beim besten Willen konnte sie sich nicht vorstellen, wie Jack bei dieser Beschäftigung aussah. Sie lag sehr still und lauschte auf das gedämpfte Schluchzen. An diesem Weinen war sie schuld. Sie wartete, bis es still geworden war, dann fragte sie, wie sie es als Kinder so oft getan hatten:

«Jack, schläfst du schon?»
«Noch nicht.»
«Jack?»
«Ja.»
«War es nett heut Abend?»
«Sehr nett.»
«Jack?»
«Ja.»
«Du sagtest heute, ich könnte dir helfen.»
«Lass doch, Liebling.»
«Nun, ich möchte doch alles tun, um dich glücklich zu machen.»
«Danke – aber lass nur, Liebling – vielleicht ist es auch besser so.»
«Jack, bitte. Erzähl es mir wenigstens.»
«Ach, warum?»
«Bitte.»

June stand auf und kam herüber zu Jack. Jack lüftete die Bettdecke, und June kuschelte sich an die Schwester. Leise, sehr leise sprach Jack Mamroth von Michael Thomas. «Siehst du, Liebling. Er kann nur eine Frau lieben, die unschuldig, unberührt ist – ein Mädchen wie dich, June, weißt du – und ich möchte jetzt so ein Mädchen sein, verstehst du. Ich habe seinen Antrag angenommen. Ich habe, als er mir alles auseinandersetzte, als er mich fragte, mich für das ausgegeben, was er sich wünscht.»

June stöhnte. «Wie musst du ihn lieben, dass du –»

«Lügen kannst», vollendete Jack ruhig. «Siehst du, und weil ich lügen kann, darum weiß ich auch, dass ich ihn liebe und heiraten kann. Aber er darf nie erfahren, dass ich nicht das bin, für was ich mich ausgegeben habe. Ich möchte ihn nicht enttäuschen, er würde es nie verwinden, und ich – ich glaube, es ist nicht übertrieben, ich würde nicht mehr leben können, wenn ich seine Liebe verlöre, wenn er mich verachtete und, June, ich weiß, er würde mich furchtbar verachten, und er hätte recht – es ist schon eine Gemeinheit, diese Zwecklüge – aber ich weiß, mein ganzes weiteres Leben wird so sein, wie er es will, und vielleicht muss man einmal gemein sein, wenn man glücklich sein will und – ich will glücklich sein.»

«Natürlich. Ja – doch.»

«Du weißt wenig von meinem Leben, aber ich habe einen ziemlich leichtfertigen Ruf. Tausend Leute kennen mich. Und ich habe nie ein Geheimnis aus meinen Flirts gemacht, und ich habe nie jemand gebeten, aus mir ein Geheimnis zu machen, weißt du und nun – –»

«Bereust du es.»

«Alle Leute klatschen gern. Und ich nehme es ihnen gar nicht übel. Anderer Leute Liebesgeschichten sind wirklich sehr nett zum Zeitvertreib. Aber Michael denkt anders. Er meint, junge Mädchen sollten überhaupt keine Liebesgeschichten haben. Natürlich ist das ganz falsch, denn, June, wenn ich mir vorstelle, ich hätte meinen ersten Schwarm geheiratet, ich wäre ihm bestimmt nach ein paar Monaten davongelaufen, aber jetzt weiß ich wenigstens, dass ich Michael nie davonlaufen werde. Männer sind dumm, nur eine Frau mit einiger Erfahrung kann sich für den Mann verbürgen, den sie sich aussucht. Wirklich, ich habe mir Michael ausgesucht. Und ich will lieber gemein sein, als ihn wieder zu verlieren. Ich finde, es ist ein solcher Zufall, den Mann, den man lieben kann, zu treffen, dass es sich lohnt, diesen glücklichen Zufall festzuhalten – zu lügen. Aber natürlich habe ich Angst.»

«Angst?»

«Man kennt Michael Thomas, und man kennt mich. Und ‹man› ist eine verfluchte Geschichte. Eines Tages wird es heißen, ach, Ihre Frau ist J. Mamroth. J. Mamroth, die – – Und weißt du, June, Männer verfügen über allerhand kleine, sehr unangenehme Gesten. Sie sind seit Tausenden von Jahren förmlich darauf trainiert, in einer gewissen Weise mit den Achseln zu zucken oder zu lächeln oder die Mundwinkel fallen zu lassen, wenn sie aber über eine Frau sprechen, die – na ja.»

«J. Mamroth», murmelte June.

«J. Mamroth, das sind wir beide. – Warte, June.»

«Ja. Aber was ich nicht verstehe, Jack, dass eine Liebe nicht groß genug sein kann, um alle solche Dinge zu verwinden.»

«Leider Theorie, Kleines. Aber nun höre, ich wollte dich bitten – –»

June schmiegte sich näher an Jack.

«Sei ruhig», flüsterte sie, «ich weiß, was du möchtest. Du kannst ganz ohne Sorgen sein. Ich werde deinen ‹schlechten Ruf› auf mich nehmen. Ich werde die gewisse J. Mamroth sein.»

«June, weißt du, was du tust?»

«Mir macht es nichts aus.»

«June, June, ich wünsche so sehr, dass du es tun würdest, aber ich warne dich. Hörst du. Wenn du nun einmal an einen solchen Mann gerätst wie Michael?»

June lachte ein bisschen.

«Nein, Jack, da bin ich anders als du. Mich muss man lieben, wie ich bin, oder gar nicht.»

«Du bist ein Baby.»

«Vielleicht, Jack.»

«Also – du willst wirklich?»

Erleichtertes Aufatmen.

«Ja, Jack, und du weißt, dass du dich auf mich verlassen kannst.»

Jack nahm June in beide Arme.

«Ich glaube, du weißt nicht, wie sehr glücklich du mich machst. Danke.»

«Gute Nacht.»

«Gute Nacht, Liebling.»

Jack schlief sofort ein und hörte nicht mehr, wie June mühsam ein Weinen unter ihrer Decke erstickte.

4

«Wann erwartest du Michael?», fragte June am nächsten Tage.

«Anfang Februar.»

«Gut. Weißt du, ich fahre fort. Du wirst es verstehen, dass ich nicht gerade darauf brenne, den Menschen kennenzulernen, der dich mir fortnimmt.»

«Tu, was du willst.»

June reiste an einem der nächsten Tage. Jack blieb allein im Hotel und überlegte sich, ob sie nicht eigentlich gewisse frühere Freunde von dem bevorstehenden Ereignis benachrichtigen müsste, um reinen Tisch zu machen.

Komisch war, dass Michael nichts von sich hören ließ. Unter der vielen Post, die täglich das Mädchen mit dem Frühstück zusammen servierte, fand sich nie ein Brief von ihm. Und Jack stellte mit einem peinlichen kleinen Gefühl fest, dass sie ganz gern einen «Liebesbrief» gehabt hätte, doch Michael war gewiss nicht der Mann, Liebesbriefe zu schreiben. Aber eines Abends war plötzlich und unerwartet Leslie Waddington da. Er saß auf einmal neben ihr in der blauen Bar des Hotels und verlangte einen Cocktail.

«Nanu», machte Jack erstaunt und sah ihn erfreut an.

«Du hast mir gerade gefehlt.»

Und Leslie, der in der glücklichen Lage war, seine

Gefühle vor Jack nicht mehr verbergen zu müssen, denn ihre Episode war fast ein halbes Jahr veraltet, antwortete: «Ich hatte Angst um dich. Fast zwei Monate hab ich nichts mehr von dir gehört. Sonst depeschiertest du wenigstens jede Woche. Ist etwas inzwischen passiert?»

«Nichts», sagte Jack und stopfte einige besonders dünne Potatochips in den Mund. Nach einer Weile sagte sie:

«Michael und ich heiraten.»

Er lachte aus vollem Halse.

«Was für ein herrlicher Witz, Jack.»

«Nicht wahr?», entgegnete sie vollkommen ernst.

Er lachte noch immer. «Wirklich eine paradoxe Idee. Du und Michael Thomas. Schade, dass es nicht wahr ist. Die lieben Leute würden mal wieder etwas zum Staunen haben.»

Jack drehte ihm ihr Gesicht zu.

«Leslie», sagte sie und legte ihre Finger sanft auf seine Hand. «Ich bin dir sehr dankbar. Der Gedanke, mich als deine Cousine auszugeben, war der netteste und klügste Gedanke, den du je gedacht hast. Wer weiß. Hätt ich damals als deine Freundin gegolten, vielleicht wäre alles anders gekommen.»

«Hör mal», sagte er, «Jack, nun lass die Neckerei sein und erzähl mir lieber, was du in diesen scheußlichen acht Wochen getrieben hast!»

«Aber ich sage dir doch eben, Michael und ich haben diese acht Wochen gebraucht, um uns darüber klar zu werden, dass wir nächsten Monat heiraten wollen.»

Er ließ das Monokel fallen.

«Um Gottes willen, Liebling, ist das wahr?»

«Ja, Leslie.»

Er griff sich an den Kopf.

«Jack, das ist doch unmöglich, das geht doch nicht.»

«Scht», machte sie und legte den Finger auf den Mund, «oder hältst du es für unbedingt notwendig, dass alle Leute es hören müssen.»

«Weiß er, wer du bist?», flüsterte er zurück.

Jacks Gesicht verhärtete sich.

«Nein», sagte sie schroff, «und er soll es auch nicht wissen.»

Er sah ihre Augen, deren Blau jetzt ins Schwarze spielte.

«Was tust du?», sagte er mit einer ganz trockenen Stimme. «Jack, was tust du?»

«Ich lüge», antwortete Jack. «Das ist alles.»

«Kind, Kind, bilde dir doch nicht ein, dass das gut geht. Ihr werdet schrecklich unglücklich werden. Das heißt, ich meine, du wirst den armen Michael unglücklich machen.»

«So, glaubst du?»

«Aber du kannst doch nicht heiraten, du mit deiner Veranlagung, die immer wieder etwas Neues will – und er, Michael, ist kein Mensch, der es erträgt, verlassen zu werden.»

«Wer sagt, dass ich ihn verlassen will?»

«Kennst du dich selber so schlecht, Jack?»

«Woher willst du mich beurteilen können, Leslie? Ich liebe Michael Thomas. Und ich werde ihm treu sein.»

«Was du Treue nennst! Begrenzt auf die Zeit, in der dir jemand sympathisch ist.»

«Mach mich doch nicht so schlecht, Leslie.»

«Aber ich gebe doch gar kein Werturteil ab. Man kann niemand für seinen Charakter verantwortlich machen. Aber ich glaube es einfach nicht. Sag, es ist nur ein Scherz, nicht wahr?»

«Gott sei Dank, nein.»

Dies «Gott sei Dank» erschütterte ihn. «Liebling», sagte er, «ich habe Angst.»

«Ich nicht mehr.»

Ihre Augen strahlten. «Nur eins, Leslie, ich muss mich darauf verlassen können, deine Cousine zu bleiben.»

«Aber natürlich», sagte er schnell. «Was an mir liegt. Aber ...»

Sie warf den Kopf etwas zurück. «Ich lüge aus Liebe, Leslie.»

Er sah sie lange und bekümmert an.

«Andere Leute werden viel schlimmer belogen.»

«Sicher, Jack. Ich wünsche, du möchtest es nie bereuen. Vergiss du nicht ein bisschen zu sehr die Leute, die um dich Bescheid wissen, Jack. J. Mamroth ist eine ziemlich bekannte kleine Persönlichkeit.»

«J. Mamroth ist June Mamroth», gab sie zurück. Er schüttelte bestürzt den Kopf. Und er antwortete etwas, was Jack nicht ganz begriff.

«Vielleicht wäre es besser für dich, wenn wir dich nicht alle so bedingungslos liebten.»

5

Am nächsten Tag trafen sie sich, um im Sportpalast Schlittschuh zu laufen. Als sie Hand in Hand über die spiegelglatte Fläche glitten, fragte er plötzlich:

«Kennst du eigentlich Shirley, Michael Thomas' erste Frau?»

«Nein.»

«Sie ist jetzt mit einem Deutschen hier in Berlin verheiratet.»

«Und?»

«Ich möchte euch gern bekannt machen.»

«Warum?»

«Damit ihr euch einmal über Michael unterhalten könntet.»

«Auf keinen Fall», lehnte sie ab. «Es ist unanständig gegen Michael.»

Jack lief eine Weile schweigend weiter. Die Musik spielte einen modernen Schlager. Sie summte leise die Melodie mit. Vielleicht, dachte sie, kann mir Shirley sagen, ob Michael überhaupt keine Briefe schreibt.

«Kennst du sie näher, Leslie?»

«Gut genug, um dich zum Tee mitnehmen zu dürfen.»

«Hm.»

Wahrscheinlich wusste Shirley doch, ob Michael ein Briefschreiber war oder nicht.

«Wann wollen wir gehen?»

«Wann du willst, Jack.»

Sie machte sich frei und lief allein weiter. Die Kapelle gab einen Tusch und begann einen Walzer. Alle, die nicht tanzen konnten, mussten vom Eise. Jack lehnte sich gegen die Balustrade, wo die Zuschauer saßen, rauchten und Kaffee tranken, aber Leslie winkte ihr, kam auf sie zu und nahm sie in seine Arme.

«Wien, Wien, nur du allein.»

«Also übermorgen», sagte Jack.

Shirley empfing sie sehr herzlich. Jack stellte erstaunt fest, dass sie zu den Frauen ihres Typus gehörte. Dieselbe zarte, knabenhafte Figur wie sie, blondhaarig und helläugig, ungezwungen und frisch. Auf den ersten Blick ungeheuer sympathisch. Waddington und Shirley schienen seit geraumer Zeit befreundet zu sein. Diese Beobachtung befremdete Jack leicht. Er hatte nie über Michaels frühere Frau gesprochen, nicht einmal mit ihr. Aber vielleicht war das ein Grund, warum sie Waddington so gerne hatte, seine feine, unerschütterliche Diskretion.

Shirley gab ihm einen flüchtigen Kuss auf die Wange und schüttelte Jack herzlich die Hand.

«Ich freue mich für Sie, dass Leslie auch Ihr Freund ist. Frauen, wie wir zwei, brauchen Männer seines Schlages – «, sie lächelte leise, «als Hilfestellung, nicht wahr? Und weiß der Teufel, als man mich damals auf die Straße setzte, hätte ich nicht gewusst, was ich tun sollte, wenn Leslie nicht geholfen hätte.»

Jack starrte Shirley an, die ungefähr fünf Jahr älter als sie sein mochte.

Michael hatte sie ganz einfach auf die Straße gesetzt?

Shirley ging ihnen voran, in ein kleines, aber sehr helles Zimmer, das etwas überheizt war.

«Leslie sagte mir, dass Sie eine Scheu vor fremden Menschen hätten, aber ich glaube, er hat ein wenig gelogen.»

«Er hat bestimmt gelogen», antwortete Jack und runzelte die Stirn, «im Gegenteil, ich liebe geradezu fremde, neue Leute.»

Shirley warf ihr einen schnellen, aufmerksamen Blick zu. «Ich glaube», sagte sie langsam, und es schien, als schleppte ihre tiefe Stimme, «wir sind ein und derselbe Schlag.»

«Nicht ganz», mischte sich Leslie hinein, der im Dunkeln saß und sich die größte Mühe gab, so zu tun, als wäre er überhaupt nicht da. Weder Jack noch Shirley entgegneten etwas auf seine Bemerkung, aber sie lächelten einander schweigend zu, und daraufhin sagte Jack plötzlich das, was nie in ihrer Absicht gelegen hatte zu erzählen, sie sagte nämlich:

«Wissen Sie, dass ich Michael Thomas heirate?»

Shirley saß so still und erstarrt, als wäre gerade vor ihren Füßen eine Bombe geplatzt und als ob sie sich wunderte, noch am Leben zu sein.

«Ach nein», brachte sie schließlich heraus, «lebt Michael denn überhaupt noch?»

«Hast du denn seit jenem Tage nie wieder etwas von ihm gehört?», fragte Leslie, der Jack, auf einmal durch ihre Offenheit nervös geworden, mit beiden Füßen unter dem Tisch trat.

Shirley schüttelte den Kopf.

«Bis zur Scheidung durch den Anwalt, dann nichts mehr.»

«Er war die ganze Zeit über in Afrika, im Dschungel», erklärte Jack leise. War sie taktlos gewesen?

«Ich konnte mir denken, dass er dorthin ging», murmelte Shirley, «er hat eine Schwäche für wilde Einsamkeit.»

Sie nahm plötzlich Jacks Hand und drehte sie hin und her. «Ich kenne Sie nicht, aber ich kenne Michael Thomas. Mag sein, dass er sich geändert hat, aber ich nehme es kaum an. Menschen wie er werden mit festen Grundsätzen und Anschauungen bereits geboren, die sie unverändert wieder mit ins Grab nehmen. Sie ändern sich nie. Darum musste auch all das zwischen uns passieren, von dem Sie wahrscheinlich gehört haben, nicht wahr? Vier Jahre lang habe ich gewartet und gewartet, bis ich einfach nicht mehr warten konnte.»

Jack wurde indiskret.

«Und worauf haben Sie gewartet?»

Shirley zog die Unterlippe hoch.

«Das kann man nicht erklären, selbst wenn man es in Worte fassen könnte. Sie, niemand würde es verstehen. Dazu muss man eben mit Michael gelebt haben, um es zu wissen. Vielleicht können Sie sich aber darunter etwas vorstellen, wenn ich Ihnen sage, dass ich eben darauf gewartet habe, dass er sich ändere.»

Jack zuckte hilflos die Schultern.

«Ich rate Ihnen nicht ab, ihn zu heiraten, wenn Sie ihn tatsächlich zu heiraten wünschen. Aber ich sage

Ihnen eins, wenn ich es Ihnen auch vielleicht nicht sagen sollte. Man bildet sich so oft ein, die Liebe eines Menschen sei wunderbar. Nun, Michaels Liebe ist wunderbar, Jack Mamroth, aber sie ist verflucht schwer zu ertragen. Fragen Sie mich nicht, warum. Ich weiß keine präzise Antwort darauf. – Michaels Gefühle sind und bleiben, ohne abgestumpft zu sein, einfach dieselben. Und dann ist es das, was man in der Bibel liest, unter den Geboten: ‹Du sollst keine anderen Götter haben neben mir.›»

Sie zündete sich sehr nachdenklich eine Zigarette an. Es war eine englische Zigarette, die den ganzen Raum sofort mit ihrem süßlichen Duft erfüllte. «Man glaubt immer, dass man für einen einzigen Menschen da sein möchte. Vielleicht wünscht man es sich sogar, aber doch nur, weil man es für selbstverständlich hält, nebenbei ein eigenes kleines Leben zu besitzen. Nicht einmal ein äußerliches, nur ein paar Gedanken, ein paar Wünsche und Sehnsüchte. Das gibt es nicht neben Michael. Man muss auf sich selber verzichten, nur ihm leben können. Bedingungslos, vollkommen. Man kann ihm ein paar Jahre voller Intensität anbieten, die schlägt er aus. Er ist wie ein Junge, der sich das ganze Leben eines Menschen wünscht und noch immer daran glaubt, es eines Tages geschenkt zu bekommen. Mag sein, es gibt solche Frauen, aber Sie, Jack Mamroth, gehören nicht zu diesen.» Sie schwieg für ein paar Minuten.

«Jack», sagte sie dann, «vielleicht werden Sie es selber schon bemerkt haben, für Michael ist die Liebe Religion. Er mag sonst keinen Glauben, keinen Gott anerkennen, aber er glaubt an die Liebe. Unerschütterlich. Verstehen Sie, mit dem tiefen Glauben, den Kinder haben, bevor sie in die Schule kommen. Und daher wird er nie begreifen können, dass dieser Gott, den er ‹Liebe› nennt, imstande ist zu versagen. Michael bürdet einem die ganze Verantwortung dieses seines Lebensglaubens, auf dem seine Existenz nun einmal beruht, rücksichtslos auf – und merkt es noch nicht einmal.»

Sie stand auf, kam zu Jack herüber und nahm ihren Kopf in beide Hände.

«Es ist oft unmöglich zu ertragen, beherrscht zu werden.»

Leslie streckte seine Hand aus und zog Shirley zu sich heran. Sie setzte sich neben ihn, auf die harte, schmale Lehne seines Stuhles.

«Das Leben kann so schön sein», sagte Shirley sinnend, «aber wie sagt man? Der Krug geht so lange zu Wasser, bis er bricht, und das Gehirn grübelt eben auch so lange, bis es nicht mehr kann.»

«Ich habe», sagte Jack nun, «seit zehn Tagen nichts mehr von Michael gehört.»

Sie sah Shirley an, als erwarte sie eine Erklärung von ihr, und Shirley war gütig genug, ihr diese zu geben.

«Ich habe Michael in den ganzen Jahren unserer Ehe nicht einen einzigen Brief schreiben sehen.»

«Danke», sagte Jack, «das war, was ich wissen wollte, darum kam ich.» Shirley sah sie ernst an. «Um Himmels willen, Kind, zweifeln Sie nie an Michael. Es ist das Schrecklichste, was Sie ihm zufügen können. Er verträgt kein Misstrauen von Menschen, die er liebt. Überdies ist es absolut unnötig. Ich wünschte, ich könnte Ihnen sagen, wie Sie ihn nehmen sollten, aber ich weiß es selber nicht. Michael ist so einfach, wie er kompliziert erscheint. Das ist alles.»

6

Auf einem Maskenball im Zoo hatte Jack auf einmal das Gefühl, als befände sich Michael in demselben Raum wie sie. Ein ebenso unheimliches wie beglückendes Gefühl. Als der schwarze Ritter sie aufforderte zu tanzen, glaubte sie, Michaels Fluidum zu spüren. Später hatte ein lustiger Clown denselben Händedruck wie Michael. Sie ging früh nach Hause, nervös und abgespannt. Erst als sie im Bett lag, fiel ihr ein, dass Michael Thomas wohl schwerlich ein Kostümfest besuchen würde. Von Tag zu Tag quälte es sie mehr, nichts von ihm zu hören. Das Schlimmste an der ganzen Sache war, dass er auch ihr mit seinem Verhalten jede Möglichkeit nahm zu schreiben. Und doch entstanden Briefe, die Jack selber überraschten. Sie hatte es nie für möglich gehalten, Gefühle so stark in Worte umsetzen zu können. Aber alle Briefbogen, Zettelchen und Telegrafenbogen fanden den Weg in den Papierkorb.

June ließ auch nichts von sich hören, und Jack hatte zum ersten Male im Leben das Gefühl, einsam zu sein.

Waddington reiste nach einigen Tagen nach Rom. Sein Händedruck sagte ihr, dass er auch ferner ihr Freund sein würde.

Jack lag manche Stunde allein auf der Couch in ihrem Zimmer und dachte über Vergangenes nach und an die Zukunft. Manchmal fürchtete sie sich vor dem neuen

Leben. Minderwertigkeitskomplexe tauchten plötzlich bei ihr auf. Oft packte sie der Gedanke, sich hinzusetzen und Michael Thomas doch die reine Wahrheit über sich zu gestehen. Aber dann kam die Angst, ihn mit dieser Offenbarung zu verlieren. Und sie konnte ihn nicht verlieren.

Michael Thomas war gleich nach ihrer plötzlichen Abreise tiefer in den Süden gefahren, doch er versäumte nicht, seine Adresse bei der Post anzugeben. Er fuhr allein, und er blieb allein diese ganzen drei Wochen. Er musste allein sein. Freilich, er liebte Jack, aber er zweifelte daran, ob er das Richtige getan hatte, indem er sie zur Frau begehrte. Sie hatte ihn überrumpelt. Ihre ganze Frische, ihre kindliche Natürlichkeit, der Charme ihrer Jugend hatten ihn überrumpelt. Er zerbrach sich den Kopf über sich selbst. Er hatte drei Jahre ganz einsam im Dschungel gelebt. Und während dieser drei Jahre hatte er keinen Ausgleich gefunden. So war es gekommen, dass die einst leichtere Seite seines Wesens ebenso schwer geworden war wie die andere, und er wusste besser als alle anderen, was für eine Herkulesarbeit es sein würde, ihn wieder zu dem zu machen, der er früher gewesen war. Konnte Jack diese Arbeit leisten? Er glaubte es, aber er wusste auch, dass das Leben an seiner Seite für sie sehr schwer sein würde.

Wenn Jack doch schriebe. Dann könnte er ihr depeschieren, dass er am zweiten Februar vielleicht nicht kommen würde, trotzdem er sie liebte, trotzdem er sich nach ihr sehnte. Aber sie ließ nichts von sich hören, sie verließ sich einfach auf ihn. Und er fand das wunderbar an ihr. Sehr wunderbar, weil sie ihn doch so wenig kannte. Sie glaubte. Und dieser Glaube bestimmte ihn dazu, am Ende des Monats von Venedig nach Triest zu fahren und von dort aus den Zug nach Berlin zu nehmen.

7

Am zweiten Februar saß Jack Mamroth in einem Teekleid aus zartblauem Moiré in einem Klubsessel in der Hotelhalle. Gerade gegenüber der Tür. Sie hatte einen ganzen Packen Zeitungen neben sich aufgestapelt. Jede halbe Stunde kam ein Kellner und leerte den immer wieder vollen Aschenbecher neben ihr.

Jack saß sehr still. Sie hatte alle Silbenrätsel und Kreuzworträtsel und Rösselsprünge gelöst und sehr brav und aufmerksam jede kleinste Notiz in den Zeitungen studiert. Sogar Wohnungsanzeigen und Inserate, Stellengesuche und alle diese kleinen Annoncen, die von dem großen Elend der Menschen erzählen.

Jetzt sah sie von der Tür auf die Uhr. Sie wusste ja nicht, mit welchem Zug er kam. Sie wusste nicht einmal, woher er kam, und sie war sich auch nicht ganz sicher, ob er überhaupt kam. Vielleicht hatte er ihr ihre plötzliche Abreise falsch ausgelegt. Jack kannte die Menschen, und sie wusste, dass sie mitunter die schlechte Gewohnheit besitzen, Dinge in einer Beleuchtung zu sehen, die ihnen am bequemsten ist. Und mit jeder Minute, die verstrich, wurde sie nervöser. Allmählich waren ihre Nerven in einem solch aufgepeitschten Zustande, dass sie anfing zu glauben, für Michael Thomas möchte es am bequemsten sein, ohne ein Wort in seinen alten verdammten Dschungel, wo er seine Kinderstube vergessen hatte, zurückzukehren. Jack war verwöhnt, und die Männer hatten stets alles getan, um sie mit jenen kleinen, kostspieligen Aufmerksamkeiten zu umgeben, die für eine Frau äußerlich Bagatellen, innerlich aber so ungeheuer wichtig sind. Jack vermisste während all dieser Tage die Atmosphäre des Geliebtseins. Blumen, Briefe, Depeschen, Konfekt, alles fehlte ihr. Gewiss, sie konnte sich das alles kaufen, aber es machte ihr keinen Spaß. Es gibt so viele Dinge auf der Welt, die einem nur Spaß machen, wenn man sie geschenkt bekommt. Aber woher sollte Michael wissen, dass Jack so abhängig war von diesen kleinen Dingen, die für ihn kaum eine Existenzberechtigung hatten. Und dabei fiel es Jack auf einmal ein, dass sie nie über Dinge gesprochen hatten, die Geld anbelangten. Vielleicht hatte Michael kein Geld. Und um Jacks Mund stahl sich ein Lächeln. Armer Michael, aber sie hatte Geld, so viel Geld. Sie war ein Kind in diesem Augenblick, ein kleines Mädchen mit gutem Herzen.

Die Drehtür am Eingang drehte sich unermüdlich. Leute strömten ein und aus. Drinnen spielte die Musik Jazzweisen. Der Tanztee hatte begonnen. Elegante Frauen, Lebemänner, kleine Kokotten, Gigolos wiegten sich im Takt der Musik. Jack musste auf einmal an einen Abend denken in Beaulieu, an den Abend, wo sie und Michael zum ersten Male getanzt hatten. Plötzlich stand er vor ihr.

Sie blieb sitzen, sah ihn an und sagte nur «Gott sei Dank».

Und Michael tat etwas, was sie ihm nie zugetraut hätte, vor allen Leuten beugte er sich und küsste sie auf die Augen.

«Ich nehme an, du hast ein Zimmer für mich bestellt», sagte er.

«Das neben mir. Die ganze Zeit schon, vor Angst, es könne belegt werden.»

Er lächelte. Und dieses Lächeln veränderte sein Gesicht wunderbar. Sie fuhren im Lift hinauf. Der Pikkolo brachte die Koffer, sie bestellten Tee zu sich ins Zimmer, dann waren sie allein.

Und es war fast so wie an dem ersten Nachmittag in dem kleinen alten Haus in Chelsea. Sie wussten sich nichts zu sagen. Ihr plötzliches und so heiß ersehntes Zusammensein lähmte sie. Jack lag auf der Chaiselongue, die eine imitierte Samtdecke schmückte, und Michael beschäftigte sich damit, seine Koffer aufzuschließen und auszupacken. Zwischendurch tranken sie ihren Tee und aßen Petits Fours und Rosinenkuchen. Jack beobachtete ihn aufmerksam. Sie musste an ihre verschiedenen Rendezvous denken. Auf einmal fiel ihr Lionel Clark ein, den sie bisher ganz vergessen hatte. Nun, er würde es ihr nicht übel nehmen. Aber wie anders sonst alles gewesen wäre!

Michael drehte sich zu ihr hin.

«Liebling – ich möchte baden.»

Jack nickte.

«Willst du», fragte er, «unten oder nebenan auf mich warten?»

Sie biss sich auf die Lippen.

«Ich gehe zu mir hinüber.»

Drüben stand sie am Fenster und starrte auf die Straße hinab. Sie schwankte zwischen Weinen und Lachen. Genierte sich Michael etwa vor ihr? Und dann wusste sie plötzlich, warum er sie herausgeschickt hatte. Jetzt musste sie anfangen zu lügen. «O Gott», sagte sie vor sich hin, «o Gott. Es ist so schrecklich leicht, als unschuldiges Mädchen sich für einen Vamp auszugeben, aber für eine Frau, die alles kennt, ist es beinahe unmöglich, auf einmal unwissend zu sein.»

Am Abend fuhren sie ins Theater, saßen Hand in Hand wie alle anderen jungen Liebespaare. Dann aßen sie und gingen bald danach hinauf.

Er küsste ihr vor der Tür die Hand. So trennten sie sich. Sie zog sich aus und wagte es trotz allem, an die Verbindungstür zu klopfen.

«Sagst du mir noch einmal Gute Nacht, Michael?» Sie kroch ins Bett und wartete. Er kam herein, er war noch im Smoking. Er blieb an der Tür stehen. Sie richtete sich auf und streckte ihm ihre Arme entgegen. Nur zögernd näherte er sich ihrem Bett. Auf der äußersten Kante ließ er sich nieder.

«Gute Nacht, Liebling.»

«Gute Nacht, Michael.»

Er sah ihren Mund sehnsüchtig und weich in dem matten Licht der Nachttischlampe. Er nahm ihren Kopf in beide Hände und küsste ihre Lippen. Sie gab sich ihm in diesem Kuss. Er fühlte es und lächelte glücklich. Da sah er ihre Augen, über die langsam zarte Schleier fielen, und mit einem Ruck erhob er sich.

«In zwei Wochen», sagte er, und seine Stimme klang heiser, «sind wir verheiratet – Mann und Frau.»

Er ging hinaus. Und sie hörte, wie er die Tür abriegelte. Sie presste den Kopf in die Kissen. Sie hatte sich so sehr gefreut, so wahnsinnig auf diese Nacht gefreut, und Michael –? Was war mit Michael?? Sie lachte plötzlich bitter. Rücksicht – Rücksicht auf sie.

Zu welcher grauenhaften Komödie zwang sie sein verschrobener Idealismus!

Und sie lag unter der rotseidenen Steppdecke und weinte, ein Mädchen mit dem sehnsüchtigen Herzen einer Frau.

8

Ende des Monats reisten sie in die Welt hinein. Wenigstens Michael sagte es: «Jetzt fahren wir in die Welt hinein, Jack.» Jack nahm es als Redensart. Sie hatte nie geahnt, dass man das wirklich konnte. Sie hatte immer gedacht, dazu gehörten auf jeden Fall Kursbücher und Gepäckaufgeben, Postumbestellungen und alle diese Dinge, die einem jede Reise etwas beschwerlich scheinen lassen. Aber es war ganz einfach, Michael rief eine Taxe an.

«Wohin?», fragte der Chauffeur.

«Zum Bahnhof.»

«Welchem?»

«Zu welchem Sie wollen.»

Und der Chauffeur wählte natürlich den längsten Weg. So kamen sie zum Anhalter Bahnhof.

«Zwei Billette zweiter Klasse.»

«Wohin?»

«Für den nächsten Zug.»

«Zürich?»

«Gut.»

Auf diese Art und Weise befanden sie sich am dritten Tage südlich vom Montblanc in Obersavoyen.

«Ist es dir einerlei jetzt, wo wir wohnen, Jack?»

«Vollkommen.»

Michael hasste große Hotels. So saßen sie in einem

kleinen Bergnest, wo es viele große Hunde und viele kleine Kinder gab.

Michael nahm vier Zimmer. Stellte nun alles, wie es ihm passte, sodass Jack das Gefühl hatte, auf einmal in einer kleinen eigenen Wohnung zu sein. Während dieser vier Reisetage im Zug, im Schlafwagen, im überfüllten Kupee und rauchigen Speisewagen hatte Jack noch nicht gemerkt, dass Michael sie als seine Frau betrachtete. Er küsste manchmal ihren Mund, streichelte ihr Haar oder über die zarte Wölbung ihrer kleinen Brüste, aber nie mit der Geste eines Mannes, der eine Frau besitzt.

Jack wunderte sich. Seine Zurückhaltung machte sie stutzig und misstrauisch. Ihr Blut sang und tanzte und sehnte sich nach Liebe, aber Michael schien nichts davon zu merken. Er behandelte sie mit der zärtlichen Ritterlichkeit eines Vaters. Sehr viel später fand Jack heraus, dass er vermeiden wollte, sie zu erschrecken. Aber dann kam die erste Nacht in dem kleinen Hotel. Sie waren Ski gelaufen, müde heimgekommen, hatten gegessen, gebadet und saßen nun im Pyjama im Zimmer. Michael saß am Schreibtisch, wo man ihn immer finden konnte, wenn man ihn suchte. Und Jack suchte ihn in der ersten Zeit manchmal, denn er hatte die unangenehme Angewohnheit, einfach aus dem Zimmer zu laufen, ohne Auf Wiedersehen zu sagen oder eine Andeutung zu machen, wohin er ging.

An diesem Abend aber saß Jack in einem ziemlich unbequemen geschnitzten Stuhl vor einem Kamin, dessen Linien in ihrer Primitivität fast edel wirkten. Sie hatte die Pantöffelchen abgestreift und hielt die bloßen Füße gegen das Feuer. Sie hörte das Kratzen seiner Feder auf dem Papier, und sie wusste, dass er an einem Buch über den Dschungel arbeitete, dessen erste Notizen er damals in London gemacht hatte. Sie wartete geduldig und schweigsam. Sie hätte so gerne mit ihm gesprochen, nur um seine geliebte, tiefe Stimme zu hören, aber sie wagte es nicht, ihn anzureden, weil sie sich nicht sicher war, ob es ihn störte. Sie hörte die Kirchturmschläge der Dorfuhr, elf Uhr, zwölf Uhr und ein Uhr schlagen. Sie drehte sich um. Er saß sehr still und hatte den Kopf in beide Hände gestützt. Sie lächelte. Was mochte er denken? Dann wagte sie es, ihn anzureden.

«Ich bin müde», sagte sie und hoffte, er würde das so verstehen, wie sie gerne wollte. Aber er ahnte nicht, dass sie Verlangen nach ihm hatte. Welch junges Mädchen hat Sehnsucht nach Dingen, die es nicht kennt? Und er dachte flüchtig an Shirley, die in der ersten Nacht aus dem Fenster springen wollte.

«Oh», sagte er sanft. «Du hast doch nicht etwa auf mich gewartet? Das tut mir leid. Du musst wissen, Jacqueline, ich arbeite oft nächtelang und vergesse dann alles andere.»

«Mich auch?», fragte sie kindlich und kniete auf den Boden hin, um das Feuer nachzulegen. Er lächelte, aber sie sah es nicht, und blieb die Antwort schuldig.

«Jetzt leg dich aber gleich hin», sagte er, als sie sich erhob, «ich arbeite noch ein paar Minuten.»

Sie ging hinaus, ohne ihm Gute Nacht zu wünschen, denn sie hatte Angst, er würde sonst nicht noch einmal zu ihr kommen. Was für eine dumme Situation! Vielleicht hoffte er, sie würde zu ihm kommen. Er war so sanft und zart. Aber sie konnte doch nicht anfangen. Unter diesen Umständen war es doch einfach unmöglich, er konnte sich so leicht etwas dabei denken.

«Schläfst du schon?», fragte er nach einer halben Stunde durch die Türritze.

«Nein», sagte sie. «Michael!»

Wahrscheinlich hatte er ihren Ruf nicht mehr gehört, denn sie vernahm die kleinen geheimnisvollen Geräusche, die das Ins-Bett-Gehen mit sich bringt.

Dann war es still. Jack lag mit angehaltenem Atem und lauschte.

Er wird es doch nicht fertigbringen, ohne mir Gute Nacht zu sagen, einzuschlafen, dachte sie herzklopfend. Sie knipste leise das Licht aus, um zu sehen, ob es noch hell bei ihm war. Der gedämpfte Schein seiner Lampe drang durch die Türspalte. Sie zündete etwas beruhigter ihr Licht wieder an, nahm eine Zigarette. Sie versuchte zu lesen. Aber diesen Zustand des angespannten, qualvollen Wartens konnte sie auf die Dauer einfach nicht ertragen.

Seufzend griff sie nach ihrem Morgenrock und stand wieder auf.

«Wie schwer macht er es mir», dachte sie, als sie die Tür laut und weit aufmachte.

Auf Zehenspitzen schlich sie sich an sein Bett. Obgleich er die Augen geschlossen hatte, schlief er nicht. Sie sah es sofort, denn seine Unterlippe bebte leicht.

«Michael», flüsterte sie und kauerte sich auf den gewebten, dünnen Bettvorleger und lehnte den Kopf gegen die Kante des Bettes.

«Ja.»

«Ich bin so sehr glücklich», stammelte sie, «dass wir hier sind, ganz allein.»

Er nickte. Warum lüftete er nicht die Bettdecke und ließ sie zu sich kommen? Ihre Augen wanderten durch das kleine merkwürdige Zimmer und blieben an dem halb offenen Fenster haften. Sie markierte ein Zähneklappern.

«Ich friere», sagte sie, «Michael, ich friere», und sie schauderte zusammen.

Er richtete sich auf und zog sie vom Boden hoch. Sie sah ihn groß an. Verstand er nicht? Er stieg aus dem Bett, das sehr altmodisch und daher sehr hoch war, ging hinüber in ihr Zimmer, knipste das Licht aus und kam wieder zurück, drehte auch hier die Birne ab. Und erst als es ganz dunkel war, nahm er sie in beide Arme und hob sie in sein Bett.

Jack beobachtete aufmerksam sein Tun. Tränen stiegen ihr in die Augen.

In diesen Minuten kam sie sich auf einmal sehr schlecht vor. Gemein, verachtenswert. Krampfhaft bemühte sie sich, das aufsteigende Schluchzen zu unterdrücken. Seine Hände berührten sie sehr zart.

«Jacqueline», flüsterte er, «Jacqueline.»

Ihre Zähne knirschten leise. Sie war nahe daran aufzufahren und ihm ihre ganze Lüge zu gestehen, als er ihre Tränen spürte.

«Was ist?», fragte er. «Weinst du?» Und er beugte sich noch dichter zu ihr hinunter und flüsterte: «Du musst keine Angst haben, Jack.»

9

Erst drei Wochen später stellte Jack fest, dass Michael Thomas doch jenes Temperament besaß, das man seinem Aussehen zutraute, sein Handeln aber nicht bewies. Diese ganze herrliche, durch nichts gestörte Zeit über lebte sie in einer leisen Verwunderung über ihn.

Er könnte fast eine Frau sein, dachte sie oft, wenigstens stelle ich mir Liebe zwischen zwei Frauen so vor, so zart und still. Nur eine Frau kann erraten, was die andere schockieren möchte, nur eine Frau würde diese vielen kleinen Dinge vermeiden, die Frauen immer unangenehm berühren und die Männer nie wissen, weil Frauen die Güte und den Takt haben, sie totzuschweigen oder so zu tun, als mache es ihnen Freude.

Und dabei musste sie an Waddington denken und an Lionel Clark. Sie waren lieb, sie waren reizend, sie waren entzückende Flirts und gute Freunde, aber man hatte keine Sehnsucht nach ihnen. Sie fingen erst in dem Augenblick an zu existieren, wo sie durch ihre Anwesenheit wirkten oder man sich langweilte und in seinem Gedächtnis nach Erinnerungen kramte, aber nach Michael würde man Sehnsucht verspüren. Männer gab es überall, und man konnte schon finden, was man wollte, aber jene zärtliche Rücksicht und taktvolle Güte würde man meistens vergebens suchen. Sie hatte sie nie erfahren, aber sie wusste, dass sie kaum noch ohne sie leben konnte. Michael!

Jack war selber erstaunt, dass sie über all dies nachdachte. Sonst hatte sie nie gegrübelt. Es lohnte sich nicht. Jack glaubte, dass das ganze Unglück der Menschen davon herrührte, dass sie immer Dinge wollten, die es nicht gab. Man war einfach zu anspruchsvoll. Das war es. Ganz verkehrt erzogen. Und Bücher taten das Ihre dazu, dumme Ideale zu fördern. Man war doch immer allein, man hatte doch immer Sehnsucht, und es würde immer Sachen geben, die man nie bekam. Warum da Anstrengungen machen? Warum suchen? Sie hatte es aufgegeben, und nun war auf einmal jemand da – für sie da. Und sie konnte für jemand da sein, Michael war nicht der Mann, der sich damit zufriedengab, nach ihren Launen und Wünschen zu leben. Michael wollte sie ganz, und er verlangte das, was andere nie gewagt hatten zu verlangen, ihr Leben. Es fiel ihm gar nicht ein zu versuchen, ohne sie fertigzuwerden. Sie musste mit ihm fertigwerden. Er nahm sie mit, wohin er wollte, auf Skitouren, Spaziergänge, in das Reich seiner Gedanken, in den grausamen, wilden Dschungel zu Löwen und Schlangen und heimtückischen Buschmännern. Manchmal warf er flüchtig eine Bemerkung hin, griff sie am nächsten Tage wieder auf, und sie liebte ihn zu sehr, um den Ausdruck seines Gesichts ertragen zu können, das furchtbar enttäuscht aussah, wenn sie sich nicht mehr erinnern konnte. «Aber ich sagte es doch gestern. Hattest du es nicht gehört oder schon vergessen?»

Es war genau das Gegenteil zu der früheren Jack, die

schulterzuckend fragte: «Gestern, woher sollte ich es heute noch wissen?»

Alles hatte für ihn Ewigkeitswert, für sie nur Sinn für Minuten. Komisch eigentlich, dass er sie so ganz ausfüllen konnte, wo wirklich gar nicht viel Besonderes an ihm daran war. Gewiss, er war sehr stark, männlich. Er hatte Charme, und sein Lächeln bezauberte sie stets aufs Neue. Aber sie liebte das ganze Fluidum an ihm, und sie liebte seine sichere Art, mit der er alles tat. Er zögerte manchmal, einen Entschluss zu fassen, aber was er tat, verfolgte er bis in die letzte Konsequenz, und diese Zähigkeit an ihm war herrlich. Wenn Jack ihn manchmal beim Skilaufen beobachtete, hatte sie fast mütterliche Gefühle für ihn. Sie war einfach stolz auf ihn. Sie konnte sich nie an seinen waghalsigen schönen Sprüngen sattsehen, wenn er wie ein Blitz durch die Luft schoss und irgendwo unten im Tal stolz und aufrecht landete. Er war durch und durch trainiert, und er wusste das und fand es selbstverständlich, aber Jack fand es wundervoll. Sie hatte genug in diesem Jahr an Alten, verbrauchten Lebemännern und verweichlichten Salonlöwen gesehen, um dieses Neue nicht zu bewundern. Und er war waghalsig. Es gab kein Hindernis für ihn. Das gefiel ihr so gut. Sie war im Grunde so schrecklich jung, aber sie hatte es nie wahrhaben wollen. Mit Michael irgendwo, wo es einsam war, splitternackt durch den glänzenden Schnee zu tollen, braun zu brennen, machte ihr viel mehr Spaß, als auf einem Tanztee Komplimente zu hören. Michael lief gut, mit geschulten, schnellen Schritten und gut geholtem Atem, aber Jack verlor immer schnell die Luft.

Dann schalt er. Er ließ einen Punchingball kommen, einen zehn Kilo schweren braunen Medizinball. Jeden Morgen um sieben Uhr weckte er sie. Dann fuhren sie auf ihren Skiern los, bis sie irgendein Fleckchen fanden, wo sie die blauen Norwegeranzüge abstreifen konnten. Und Rücken an Rücken brachte er ihr jeden Tag neue Übungen bei. Jack stöhnte, fluchte, weinte.

«Mir tut alles weh.»

Er lachte sie aus. Er nahm sie in die Arme, warf sie in die Luft, fing sie wieder auf und rieb sie mit Schnee ab.

«Ich kann nicht mehr, Michael.»

«Das ist nicht wahr.»

«Doch.»

«Nun, es darf nicht wahr sein.»

Er nahm hier keine Rücksicht auf sie. Nie. Er lachte ihre Einwände fort.

«Wenn du glaubst, ich würde dich überanstrengen, dann komm bitte nicht wieder mit.»

Das konnte sie nicht machen. Aber es erschien ihr merkwürdig und rätselhaft, wie sie das Leben hier in der weißen, primitiven Einsamkeit aushielt, ohne sich auch nur einen Augenblick lang zu langweilen. Dabei sah sie ihn oft im Verlauf des Tages nur bei den Mahlzeiten. Er arbeitete oder lief allein spazieren. Einmal, als er zurückkam, fand er sie weinend in ihrem Zimmer.

«Aber was ist?», fragte er bestürzt.

«Du lässt mich so viel allein», sagte sie heftig.

Er sah sie an, drehte sich um, ging hinaus und verschloss sich in seinem Zimmer. Erst als sie ihn zum

Abendbrot rief, sah sie ihn wieder. Sie wusste nicht, was sie angerichtet hatte, und so fragte sie ihn.

Er schüttelte nur den Kopf.

«Dass du das nicht verstehst!»

Da merkte sie erst, wie hart sie ihn getroffen hatte. Sie brachte es fertig, sich einsam zu fühlen. Wo er – –

«Verzeih», bat sie, «Michael, so hab ich es nicht meint.»

«Du darfst es nie wieder sagen», entgegnete er ernst, «oder besser, Jack, wenn du dich noch einmal in meiner Nähe allein fühlst – dann – –.»

Seine Augen wurden plötzlich hart, und seine Stimme klang fast drohend.

«Dann?», fragte sie gespannt und überrascht über sein Benehmen.

«Dann komme ich nie wieder.»

«Was heißt das, Michael?»

«Dass dann unser Zusammenleben sinnlos ist.»

Sie knackte mechanisch Nüsse auf. So bist du, dachte sie, das willst du.

Allmählich wurde Jack sicherer, da er nicht merkte, dass er nicht der erste Mann war, dem sie sich schenkte. Einmal nannte er sie lächelnd «instinktlos». Er wusste nicht, wie heiß sie sich schämte. Freilich gestand sich Jack, diese Liebe zu ihm war anders als alles Vorherige. Erst jetzt erkannte sie den Unterschied von Neugier, Langeweile und Leidenschaft. Und eines Nachts brach ihr Geständnis hervor.

«Du bist der erste Mann, Michael.»

Tatsächlich war er es für sie. Er stutzte nicht, aber sie

sah, dass ihre Worte ihn erschütterten. Es ist keine Lüge, dachte sie, bei Gott nicht.

Michael, er dachte über nichts von dem nach, was Jacks Gedanken so anhaltend beschäftigte. Er war vier Wochen in Cannes gewesen und hatte sich überlegt, ob er mit Jack leben konnte.

Er war mit allen Zweifeln fertiggeworden. Und wenn er mit einer Sache einmal fertig war, so war sie auch auf die Minute endgültig erledigt.

Er nahm sie selbstverständlich, er äußerte sich nie über etwas. Alle anderen hatten Jacks Neigungen, sie selbst wie eine Gnade, als Geschenk empfunden. Jacks Liebe war für ihn eine einfache, allerdings wunderschöne Tatsache, und so behandelte er die Angelegenheit ihrer Liebe zwischen ihnen als feststehende Tatsache, so geschah es, dass auch Jack sich allmählich seine Überzeugung zu eigen machte und sich glücklich dabei fühlte.

*

Eines Abends kam sie um fast zwei Stunden verspätet heim. Sie war mit dem Schlitten allein in den nächsten Ort gefahren und hatte nachher versehentlich einen Umweg gemacht.

Michael kam ihr bereits auf der tief verschneiten Dorfstraße entgegen. Er ging immer ohne Hut, aber diesmal trug er auch keinen Mantel, und der eisige Nachtwind spielte mit der dünnen Seide seines Hemdes. Er kletterte neben sie auf den Bock und nahm ihr die Zügel aus der Hand.

«Hast du schon gegessen?», erkundigte sie sich.

«Nein», sagte er kurz.

«Oh, das tut mir leid.»

«Ja.»

«Ich habe den Weg verfehlt.»

«Ich habe mich gesorgt.»

«Aber Michael», sagte sie, erschrocken über den rauen Ton seiner Stimme, «dafür konnte ich doch nichts.»

«Du hättest aufpassen können», entgegnete er schroff.

Seine Stirn war gerunzelt.

Sie sah verständnislos zu ihm auf.

«So etwas tut man nicht.»

«Michael, ich bin doch nicht mit Willen kreuz und quer durch die Berge gefahren.»

«Das passiert einem nicht, wenn man achtgibt.»

«Aber –»

«Du hättest dir einen Jungen mieten können, wenn du nicht sicher warst. Übrigens bist du viel zu dünn angezogen.»

«Sei nicht so hässlich», sagte sie, als sie in dem Gasthof ankamen und die Treppen hinaufstiegen.

«Das darf nicht wieder vorkommen.»

«Was?»

«Dass du mich warten lässt.»

«Ich wollte dich nicht warten lassen.»

«Bitte, nimm jetzt ein heißes Bad und geh dann sofort zu Bett – sonst hast du morgen Grippe.»

Ohne ein weiteres Wort ließ er sie stehen. Das Mädchen kam, brachte eine altmodische schwere Wärmkruke, heißes Zitronenwasser und Abendbrot.

Michael ließ sich nicht blicken. Jack wurde allmählich wütend. Was für eine Art, sie so ungerecht zu behandeln!

Erst als er zu Bett ging, kam er zu ihr.

«Gute Nacht, Jacqueline.»

«Bleib hier», bat sie.

«Wie fühlst du dich?»

«Danke, sehr gut.»

Er atmete erleichtert auf.

«Ich habe mich sehr gesorgt», sagte er, in Gedanken versunken, und eben in dieser Nacht musste Jack feststellen, dass er auch anders als zart und still sein konnte. In diesen dunklen Stunden erschien er ihr wie der wilde Mann aus dem Dschungel, der jahrelang keine Frau mehr besessen hatte.

Er presste sie so stark an sich, dass sie den Atem verlor.

«So mich warten zu lassen», fuhr er fort. «Ich glaubte, verrückt zu werden. Was hätte dir nicht alles passieren können.»

«Ich ersticke», flüsterte sie. «Michael, was tust du?»

Er ließ sie los. Sie hielt die Augen geschlossen. Ihr Hals wies blaue Druckstellen auf. Sie atmete mühsam.

«Sei nicht böse», bat er, «sei nicht böse», und lief nach Wasser.

Sie lächelte krampfhaft.

«Ich glaube, du hättest mich bald totgemacht.»

Sein Mund zuckte.

«Verzeih, Liebling – aber es war grauenhaft, diese Sorge um dich. Ich – kann dich nicht verlieren.»

Sie versuchte, die Augen zu öffnen, aber sie konnte nur blinzeln. Doch fasste ihr Blick noch sein weiches, gelöstes Gesicht.

«Liebst du mich so sehr?», murmelte sie, «O Michael – Michael.»

Sie fühlte ihn von Neuem neben sich.

«Ich bin so glücklich», brachte sie hervor, «Michael, so glücklich.»

Sie sprachen nie von dieser wilden Nacht, wie sie überhaupt nie über die Dinge sprachen, die sich nach Mitternacht zwischen ihnen ereigneten.

Dritter Teil

1

Als sie Anfang März nach Paris kamen, war Jack braun gebrannt wie noch nie, und Michael unterschied schon überhaupt nichts mehr von einem N*. Sie waren beide schrecklich gesund und sehr vergnügt.

«Hast du eigentlich gemerkt», fragte er Jack im Zug, «dass ich etwas verändert bin?»

Sie schüttelte den Kopf. «O Michael, du warst immer derselbe, nur nicht mehr so schroff.»

Er nahm ihre Hand und küsste den schmalen, etwas sommersprossigen Rücken.

«Ich hab dir viel zu danken, Jacqueline.»

Paris war schön wie immer. Leicht und froh. Jack sträubte sich, in ein großes Hotel zu ziehen.

«Ach, diese dummen Hotels sind mir so über. Immer derselbe Trubel, dieselbe langweilige, versnobte Gesellschaft.»

«Sieh mal an», sagte er, «ich habe immer gedacht, du machtest dir etwas aus diesem eleganten Betrieb, und nun, nach der wochenlangen Abgeschlossenheit, wäre es eine ganz nette Abwechslung.»

Sie schob die Lippe vor. Sie ängstigte sich vor dem Hotel, in dem man sie kannte. Sie hatte immer dort während ihres Pariser Aufenthaltes gelebt. Mit Leslie, mit Lionel. Man kannte sie zu gut dort. Und sie würde es bestimmt nicht vermeiden können, auf Bekannte zu stoßen.

«Nun», sagte er, «wie du willst.»

Bekannte von ihm, die an die Riviera gingen, boten ihnen ihr kleines Haus draußen in Neuilly an. Jack nahm es selig in Besitz.

«Hier sind wir ganz ungestört, Michael. Zählt das nicht?»

«Doch, es zählt, Jack.»

Eines Nachmittags kam er heim, nachdenklicher als sonst, vielleicht sogar verstimmt. Jack merkte es sofort. Sie kannte sein Gesicht zu gut. Er hatte mit einem Bekannten in der Stadt gegessen.

«Hast du dich geärgert?», fragte sie und spielte nervös mit ihren Fingern.

«Nein, warum?»

«Du siehst fast so aus.»

«Hm, hm.»

Er ging in sein Zimmer, kam aber schon nach einigen Minuten zurück und legte sich neben sie auf die Chaiselongue. Sie rückte zur Seite und drückte sich schmal an die Wand. Sie fühlte seine Hand an der Seite ihres Strumpfes. Aber sein Streicheln schien ihr mechanisch.

Es musste etwas geschehen sein, aber sie wagte nicht zu fragen. Ihr Herz ging in schnellen, bangen Schlägen.

Plötzlich brach er das drückende Schweigen. Er sagte: «Du hast mir eigentlich recht wenig von deiner Schwester erzählt.»

Sie presste den Kopf tiefer ins Kissen und fragte sofort: «Wie meinst du das?»

«Nur so. Der Gedanke kam mir ganz plötzlich. Für

jemand, den man lieb hat, hast du so gut wie gar nicht von ihr gesprochen.»

Sie entschloss sich, sich auf den Bauch zu legen, und drehte sich um. So konnte er wenigstens ihr Gesicht nicht sehen.

«Ach», machte sie, «da ist nicht viel zu erzählen.»

Sie hatte während der ganzen Zeit vier Briefe an June geschrieben. Vier Briefe, ganz des gleichen Inhalts:

«Ich bin glücklich, und ich danke dir.»

Sie wusste, das genügte. June würde es schon richtig verstehen.

«Denk mal», sagte er plötzlich lebhaft, «heute wurde ich gefragt, ob ich die J. Mamroth geheiratet hätte, die alle Welt von sich reden machte.»

Sie versuchte zu lachen.

«Nun, freilich, das hat June getan. Im Übrigen wird das meiste Klatsch sein. Sie ist nicht halb so schlimm, wie man sie macht.»

«Nun, die Hälfte von dem, was ich heute erfuhr, genügt, um – –»

«Ach, Michael. Wenn June nicht so schön wäre, würde niemand darauf achtgeben, nur weil sie jung ist, gut aussieht und Geld hat, redet man.»

«Liebling, du hast recht, Klatsch bleibt Klatsch, aber immer ist ein Körnchen Wahrheit dabei. Man kann sich solche tollen Geschichten nicht einfach aus der Luft greifen. Und es gibt schon Dinge, die man nicht tut.»

«Was – was hat sie denn angestellt?», fragte Jack, die genau wusste, dass er auf die Badegeschichte in Biarritz anspielte. Wie war das alles furchtbar! Sie saß hier ganz still und hörte zu, wie man sich über June den Mund zerriss.

Und er stand auf und machte nun doch Licht.

«Das», antwortete er, «möchte ich dir nicht erzählen. Alles, was natürlich ist, kannst du hören, aber nicht diese ausgefallene Sache.»

Beinahe hätte sie sich verraten. Sie hatte gerade sagen wollen: «Aber so schlimm war es doch nicht, nur jemand war betrunken und –»

Erst im letzten Augenblick biss sie sich auf die Zunge.

«Oh», machte sie nur, «gib mir eine Zigarette, Michael.»

Er ratschte ein Streichholz an, um ihr Feuer zu geben. Und in dem kurzen, intensiven Licht des kleinen Flämmchens sah er ihr Gesicht.

«Du siehst aber elend aus», bemerkte er fast erschrocken.

Sie ritt sich noch tiefer in die Qual ihrer Lüge hinein.

«Ich schäme mich für June.»

«Ja», sagte er, und es klang, als schäme er sich auch. Die Tränen kamen ihr.

«Verzeih», sagte er, «ich wollte dich nicht kränken, aber es ist schon peinlich, nicht wahr?»

«Scheußlich peinlich. Ich kann mir solche Dinge von June gar nicht vorstellen. Was sagtest du, schmutzige Sachen?»

In dieser Nacht fand Jack keinen Schlaf. Und auch Michael kam nicht. Er hatte irgendein altes Buch entdeckt und saß am Schreibtisch.

Jack stöhnte in sich hinein. Sie war so glücklich gewesen, sollte es alles aus sein?

«Wer hat dir das eigentlich von June erzählt?», fragte sie am nächsten Morgen.

«Du wirst ihn nicht kennen, Jack, ein gewisser Herr von Walden.»

Jack kniff die Augen zusammen und suchte in ihrem Gedächtnis. Walden, ein sehr dicker alter Herr. Sie hatte ihm einen Korb gegeben, ihn gehänselt. Gekränkte Eitelkeit. O Menschen, seid ihr scheußlich!

Sie verstand es, das Gespräch auf die Zukunft zu bringen.

«Wo werden wir nach Paris hingehen, Michael?»

«Ich dachte, wir suchten uns endlich ein festes Zuhause.»

«Ja, das ist schön. Aber wo?»

«Wo du willst, Jack. Nur eine Bitte habe ich, möglichst nicht London. Aus tausend Gründen nicht.»

«Ich verstehe.»

«Wie denkst du über Paris?»

«Ach, bloß nicht. Paris ist nur etwas für Fremde. Nein.»

«Und irgendein kleines Nest?»

«Aber Michael, was für eine Idee!»

«Nun, denk du es dir aus.»

«Ich möchte nach Berlin, Michael», sie lächelte, «aus tausend Gründen. Deutschland ist schön, und ... Berlin gefällt mir, es ist so jung und impulsiv und dann – wir haben dort geheiratet.»

2

In Zehlendorf fanden sie eine kleine Villa, die sie an Dukes House in Chelsea erinnerte, und kauften sie sofort. Sie richteten sie ein und räumten hin und her, und Jack betrachtete mit weit aufgerissenen Augen ihren Mann. Gewiss, sie griff zu, wenn es unbedingt sein musste, aber seine Art, die Dinge anzupacken, bestürzte sie. Er schien alles zu können, tischlern, mauern und elektrische Leitungen legen. Es gab nichts, von dem er nicht Bescheid wusste. Wir hätten, weiß Gott, in den Dschungel gehen können, dachte Jack, er hätte mir da schon ein Haus gezimmert. Romantisch, nicht wahr? Aber ich hätte wenigstens keine Furcht zu haben brauchen, jemand Bekannten zu treffen. Niemand konnte mich dort verraten. Aber auch Berlin ist ziemlich sicher, Gott sei Dank.

Das Leben zwischen ihnen gestaltete sich im Grunde ebenso wie oben in Savoyen, nur dass es mehr Abwechslungen bot. Freilich brachte das mit sich, dass Michael sie noch öfter allein ließ. Er liebte Museen, Theater, Konzerte, Vorträge, alles Dinge, die Jack viel zu nervös waren, um sie zu ertragen. Michael bat sie nie, ihn zu begleiten, ebenso wenig wie sie ihn bat, mit ihr zu kommen, wenn sie zum Schneider oder in Geschäfte ging. Keiner nahm es dem anderen übel, dass nicht alle Interessen die gleichen waren, und Jack litt nicht mehr darunter, wenn Michael fort war.

Und er kam gar nicht auf den Gedanken, sich einsam zu fühlen, wenn Jack in der Stadt herumstrolchte. Jack gehörte ihm. Nur strengste Pünktlichkeit herrschte fast wie ein Gesetz zwischen ihnen. Er verspätete sich nie, auch nicht um eine einzige Minute.

Das war seine Rücksicht auf sie, er ließ sie nie warten, aber er verlangte es auch von ihr. Im Anfang fiel es ihr schwer.

«Du dressierst mich», sagte sie dann und lachte über sein ernstes Gesicht.

«Warten ist eine unangenehme Beschäftigung», entgegnete er, «und Menschen, die man liebt, sollte man unangenehme Dinge ersparen.»

Er fragte sie nie, wohin sie ging, nicht aus Interessenlosigkeit, sondern um ihr das Gefühl zu ersparen, gebunden zu sein.

«Es vergeht einem oft die Lust, Dinge zu unternehmen, wenn man über sie spricht. Man muss impulsiv handeln können.» Und sie verstand, dass auch sie ihn nicht fragen sollte. Überhaupt reizten ihn leicht Fragen. Und Jack vermied es. Sie vertrauten einander, und darum war ihre Freiheit so schön.

«Ich habe immer vor einer Ehe Angst gehabt», beichtete sie einmal, «weißt du?»

«Man sollte vor nichts Angst haben, Jack.»

«Aber man kann doch nicht wissen, ob sich zwei Menschen mit der Zeit nicht auf die Nerven gehen werden.»

Er antwortete etwas Wunderschönes.

«Aber Ehe heißt doch nur, nie müde werden, auf den

anderen Rücksicht zu nehmen, sonst ist sie unmöglich.»

«Wirst du nie müde sein?»

Sein Gesicht wurde ernst.

«Nein», sagte er, «denn wenn man müde ist, setzt man sich, um auszuruhen, und dann muss der andere allein weiterlaufen. Ich weiß, wie weh das tut. Shirley wurde müde.»

Sie musste an jenes Gespräch zwischen ihr und seiner ersten Frau denken. Shirley war müde geworden, sie hatte es selbst gesagt – des Wartens müde. Sie waren doch verschieden, Shirley und sie. Jack versuchte vergebens, sich vorzustellen, worauf Shirley gewartet haben könnte.

«Weißt du eigentlich», sagte sie impulsiv, «dass ich Shirley kenne?»

Er sah sie erstaunt an.

«Wir haben einmal über dich gesprochen.»

Er grub die Hände in die Taschen.

«Was hast du getan?», fragte er. «Über mich –»

Sie sah seine Augen und bekam Angst.

«Ich ging», stammelte sie, «zu Shirley, um sie zu fragen, ob du nie Briefe schreibst. Du ließest ja damals nichts von dir hören.»

Er lachte sehr leise und etwas verächtlich, drehte sich kurz um und ging hinaus. Sie hörte ihn das Haus verlassen. Was sie aber wunderte, war, dass er auch an diesem Abend, wo er sehr erregt schien, pünktlich war.

«Was hattest du?», forschte sie. «Hat es dich so sehr beleidigt?»

«Es ist schon gut», winkte er ab.

«Du tatest das, bevor wir uns kannten, heute nun, auf unser Gespräch zurückzukommen, würde ich sagen, du seist müde geworden.»

Sie waren fünf Wochen in Berlin, bevor Jack zu June ging.

June saß in ihrer kleinen Bude und arbeitete an einem wissenschaftlichen Aufsatz.

«Du!», schrie sie und sprang auf.

«Endlich, Jack, endlich.»

«Hast du Sehnsucht gehabt?»

June sah sie nur groß an.

«Sag, was du willst, Jack, du bist doch von mir gegangen —»

Jack zog sie ans Licht und nahm ihr schmales, feines Köpfchen in beide Hände.

«Bist du etwa krank, June, du siehst so elend aus.»

«Ich bin sehr allein, Jack. Manchmal wünscht ich beinahe, ich wäre im Kloster geblieben.»

«Aber da wärst du auch einsam gewesen.»

«Vielleicht hätte es nicht so wehgetan. Aber wahrscheinlich hatte ich dich schon damals verloren, als du zum ersten Mal über die Mauer stiegst.»

Jack schüttelte den Kopf.

«Du irrst. Damals liebte ich niemand.»

«Ach, sei still.»

Junes Gesicht verzog sich.

«Musst du immer davon sprechen!»

«Wann kommst du zu uns?»

«Oh, bitte lass mich aus dem Spiel. Ich würde es nicht ertragen können, dich in seinen Armen zu sehen.»

«Aber du – hast das doch schon einmal erlebt.»

«Mein Gott, spürst du denn nicht den Unterschied. Da duldetest du es nur, hier wünschst du es.»

«Aber June!»

*

«Ich war bei June, Michael.»

Er runzelte die Stirn. «Kannst du auf den Verkehr mit deiner Schwester nicht lieber verzichten?»

«Aber Michael. Was für eine verrückte Idee! June ist der einzige Mensch aus meiner Familie. Ich habe kaum Vater noch Mutter gekannt. Versteh, wie wir zusammenhängen.»

Sie konnte doch nicht June allein lassen. June, die sie so brauchte, und die man um ihretwillen in Acht und Bann tat. Und sie duldete das.

«Du hast recht, Jack», gab Michael zu.

«Ich möchte, du würdest sie kennenlernen, dann wirst du einsehen, dass sie anders ist, als die Leute sie machen.»

«Nun ja», sagte er, «mir ist es nur für dich unangenehm, Jack.»

Tagelang fand Jack wieder einmal keine Ruhe. Gewissensbisse quälten sie. Sie fing an, elend und matt auszusehen. Michael betrachtete sie bestürzt. «Fehlt dir etwas, Liebes?»

«Gar nichts, Michael», antwortete sie auf seine Fragen.

Aber sie litt unter alledem. Warum konnte nun Michael June nicht der große Bruder sein, den sie sich beide als kleine Mädchen im Kloster so sehr gewünscht hatten?

Inzwischen hatten sie Dukes House in London verkauft. Hannah kam nach Deutschland, glücklich, wieder bei ihrer geliebten «Miss» zu sein.

Mit Hannah zugleich brachte das Schiff auch das kleine rote Kabriolett. Oft fuhren Michael und sie zusammen, meist aber Jack allein, und bei diesen Fahrten blühte sie allmählich wieder etwas auf.

3

«Um Gottes willen, wie siehst du aus», schrie Jack, die mit ihrem Wagen vor der Universität hielt, um June abzuholen, und starrte entgeistert in das verschminkte Gesicht ihrer Schwester.

«Was ist?», fragte June. «Ach so», und sie fuhr sich mit dem Finger über die knallroten Lippen.

«Wozu ist das?», wunderte sich Jack. June lächelte kindlich. «Wir sehen uns so ähnlich, Jack», murmelte sie, «und wer weiß, vielleicht treibt mich ein Zufall Michael in die Arme. Er könnte mich für dich halten.»

«Du bist verrückt, June. Das ist doch nicht nötig! Bitte, lass solchen Kram. Es steht dir nicht.»

«Komm, steig ein, fahr mit mir hinaus.»

«Nein. Ich habe Angst.»

«Wovor?»

«Nicht die Rolle spielen zu können, die ich spielen soll. Und ich möchte dich nicht verraten.»

«Aber was ist denn mit dir? Ich habe dich doch damals nur gebeten, das Gerede auf dich zunehmen.»

«Und wie soll ich es rechtfertigen?», fragte die logischere June.

«Das brauchst du doch gar nicht – es genügt, dass man – –»

«Schlecht redet, wirklich? Ich hatte schon Angst, ich müsste jetzt in alle Lokale gehen und – –»

«Du, Baby – bitte komm.»

«Ich will aber nicht.»

«Ich verstehe dich nicht.»

June wandte sich brüsk ab.

«Du kannst dich jetzt nach einem Mann für mich umsehen», sagte sie schroff. «Du hast es mir versprochen.»

Und sie ließ Jack stehen.

*

Jack wartete noch eine Weile. Sie hoffte, June würde sich besinnen und umkehren.

Sie ging weiter, und Jack sah, wie die kleine, zierliche Gestalt allmählich in dem Gewühl des Straßenverkehrs untertauchte.

Nur zögernd gab sie Gas und drehte den Wagen. Als sie den Kurfürstendamm nach Halensee herauffuhr, fiel ihr ein, dass sie Parfum brauchte. Sie hielt vor dem nächsten Geschäft. Sie wählte lange. Im Gegensatz zu anderen Frauen verschmähte sie die bestimmte Note eines Duftes. Sie nahm nie dasselbe Parfum wieder, brauchte aber viele durcheinander. Für sie musste ein Parfum mit einem Kleid übereinstimmen. Jack liebte Maiglöckchen, und wenn Michael und sie des Morgens zusammen frühstückten, so meinte er manchmal zur Frühlingszeit im Wald zu sein, aber schon ein paar Stunden später war sie sein kleiner Freund im strengen Kostüm und roch zart nach Juchten.

Nachmittags um die Dämmerstunde wählte Jack dann etwas, das man «Vers la nuit» nannte, und abends richtete sich alles nach der Farbe und Machart ihrer Toilette. Sie konnte sich diese Mischungen leisten, denn Jack badete viel, viel zu viel. Sie ertrug es, ohne dass sie es schwächte, und da sie die Angewohnheit hatte, sich öfters während des Tages umzuziehen, so badete sie auch jedes Mal. Jack wusste es nicht, dass sie Michael mit ihren vielen Parfums anregte, und er nahm sich nicht die Mühe, darüber nachzudenken, wieso er sich auf einmal in dieser oder jener Stimmung befand oder an etwas denken musste, das er längst vergessen hatte.

*

Erst nach einer geraumen Weile kam Jack mit einem ziemlich großen Paket aus dem Laden. Sie trug die Tasche unter den Arm geklemmt und hielt es vorsichtig mit beiden Händen.

Als sie an den Wagen kam, blieb sie plötzlich wie erstarrt stehen. Ihr Herzschlag setzte aus, das Paket fiel zu Boden, und die vielen kleinen, teuren Fläschchen zerbrachen.

Im Wagen saß ruhig, eine Zigarette rauchend, Lionel Clark.

«Tag, Jack», sagte er und sprang auf.

«Ich sah dich gerade in das Geschäft gehen und hab hier auf dich gewartet.»

«Was tust du denn um Gottes willen in Berlin?», stieß sie hervor und übersah seine ausgestreckte Hand.

«Du warst nie besonders liebenswürdig», antwortete er und öffnete ihr den Schlag, um sie an sich vorbei an den Volant zu lassen. «Aber jetzt bist du geradezu hässlich. Jack, ich habe dir doch nichts getan.»

Sie stieg schweigend ein.

«Lass uns ein Stück zusammen fahren», bat er, «ich hoffe, du hast Zeit. Willst du mit mir heut Abend essen?»

«Nein.»

«Aber Jack! Was ist denn passiert? Besinn dich einmal, was für nette Spielgefährten wir gewesen sind. Bitte. Jetzt bin ich hier, freue mich, dich zu sehen, und du –»

Er schüttelte verwundert den Kopf.

«Bist du zufällig hier?»

«Nicht ganz.»

«Warum bist du denn überhaupt gekommen?»

«Weil ich dich gerne einmal sehen wollte.»

«Aber ich bin verheiratet. Weißt du das denn nicht?»

«Natürlich», sagte er, «glaubst du denn, dass sich nicht alle Leute über deine neueste Marotte wundern?»

«Es ist keine Marotte.»

Er sah sie nur von der Seite her an.

«Wie aggressiv du bist!»

«Oh!»

«Was ist nur in dich gefahren, Jackie, du warst so anders früher. Froh und vergnügt, lachtest viel. Jetzt scheinst du übernervös und gereizt zu sein.»

Er griff nach ihrer Hand, die, in einen Handschuh gehüllt, verkrampft am Steuer lag.

«Bist du etwa verliebt, Jack, und traust dir nicht, es deinem Mann zu sagen?»

Sie drehte ihm ihr Gesicht zu.

«Du bist indiskret», sagte sie kurz, «und im Übrigen – –»

«Seid ihr schon geschieden, was?»

Sie fühlte, das war keine Neckerei.

«Was willst du eigentlich?»

«Jack, – hast du unsere Freundschaft denn ganz vergessen?»

«Ja.»

Sie bremste plötzlich.

«Lionel», sagte sie und starrte hinauf in das wolkenlose Blau des Herbsthimmels.

«Ich liebe Michael.»

«Was du schon lieben nennst! Der arme Kerl.»

«Was fällt dir ein?», sagte sie heftig. «Was weißt du denn von mir? Aber so viel solltest du wenigstens wissen, dass ich keinem Menschen das Recht gebe, mich sein zu nennen, wenn ich es nicht selber wünsche, dass er Anspruch auf mich erheben kann. Ich liebe Michael, und ich weiß, dass ich ihn immer lieben werde, – und – und, Lionel, ich möchte nicht, dass wir noch etwas miteinander zu tun haben. Ich meine, ich möchte dich nicht wiedersehen.»

«Warum?», fragte er überrascht.

«Weil», sie zögerte eine ganze Weile, bevor sie schnell fortfuhr:

«Weil du mich an jene Zeit erinnerst, die ich heute nicht mehr wahrhaben möchte. Ich wünschte, ich hätte Michael schon damals getroffen, damals als, oh, wie war ich dumm! Ich habe nie geglaubt, dass ich das eine wilde Jahr bereuen würde, aber jetzt bereue ich es doch.»

Er stierte sie förmlich an.

«Macht –», fragte er schließlich, «macht er es dir so schwer? Wirft er es dir vor?»

«Er», begann Jack und stockte.

Also Lionel Clark hielt es auch als selbstverständlich, dass sie ihn, Michael, nicht angelogen hatte.

«Das geht dich nichts an», sagte sie kurz, «und bitte, steig jetzt aus.»

«Hast du Angst vor Unannehmlichkeiten?», spottete er. «Jack und Angst. Er muss sich doch allmählich daran gewöhnt haben, Bekanntschaft mit deinen vielen Freunden zu machen.»

Sie schrie ihn fast an:

«Steig aus!»

«Warum verleugnest du mich?»

Sie sah ihn böse an. Wie gerissen er war, so plötzlich in Berlin aufzutauchen!

«Willst du das durchaus wissen?»

«Aber natürlich.»

«Weil ich nicht verstehen kann, dass ich dich einmal gern gemocht habe. Ich nehme es mir übel, Geschmack an dir – –»

«Oh», machte er, «das genügt.»

«Ich hoffe es», sagte sie. Jetzt war sie ihn los. Gott sei Dank!

4

Sie kam nach Hause und ging hinaus in den Garten. Es war kurz vor vier Uhr und das erste Mal, dass sie vergaß, Michael zu rufen oder wenigstens nach ihm zu fragen.

Sie warf sich in einen der Liegestühle.

Hannah hatte sie kommen sehen und folgte ihr. «Wünschen Sie etwas, Miss?»

«Eine Zitrone, Hannah.»

«Mr. Thomas lässt sagen, er sei zum Segeln gegangen.»

«Danke, Hannah.»

Sie verschränkte die Arme unter dem Kopf.

Lionel Clark! Hier! Wie grauenhaft! Sie würde keine ruhige Minute mehr haben. Natürlich hatte sie sich ganz falsch benommen. Absolut falsch. Wenn sie wollte, dass Lionel den Mund hielt, durfte sie ihn nicht beleidigen. Er war so jung. Und junge Leute sind immer leicht sehr beleidigt. Was für eine Gans sie gewesen war, in ihrem ersten Schreck sich so undiplomatisch zu benehmen!

Das Mädchen brachte die Zitrone.

«Hannah?», fragte Jack, «Erinnern Sie sich an Mr. Lionel Clark?»

Hannah runzelte nachdenklich die Stirn.

«Hat der Herr einmal bei uns in London gewohnt, Miss?»

«Ja, aber nur sehr kurze Zeit, Hannah.»

«Er war sehr jung und blond, nicht wahr? Und sprach ein sehr schlechtes Englisch.»

«Er ist doch Amerikaner, Hannah.»

Aber Hannah mochte die Amerikaner nicht.

«Darf ich etwas über Mr. Clark sagen?»

«Nun?»

«Ich wollte sagen, er gefiel mir nicht.»

«Warum, war er nicht nett zu Ihnen?»

«O ja, natürlich. Aber er wusste auch, dass ich ihn nicht leiden konnte, darum schmierte er mich ein.»

«Was tat er?»

«Ich meine, er gab mir sehr viele Trinkgelder.»

«Warum mochten Sie ihn nicht, Hannah?»

«Er war zu stolz auf Sie, Miss.»

«Auf mich – stolz – inwiefern?»

«Er protzte mir zu viel mit Ihrer Liebe.»

«Aber ich habe ihn nie geliebt.»

Hannah lächelte Jack beruhigend zu.

«Aber natürlich nicht, Miss. Darum musste er doch auch so stolz sein, das heißt, musste so tun, als ob Sie ihn liebten. Und er sagte es mir immer wieder.»

«Warum haben Sie es mir damals nicht erzählt, Hannah? Wir hätten ihn hinauswerfen können.»

«Das hätten Sie doch nicht getan. Sie amüsierten sich zu sehr über ihn. Sie mochten doch immer gern junge Männer, die Sie anbeteten, Miss, und Sie sagten einmal selber, er ist so jung, dass ich ihm ruhig erlauben werde, sich einzubilden, er bedeute mir etwas.

Mr. Thomas ist ganz anders, Miss.»

«Ja, natürlich.»

«Mit Mr. Thomas verglichen ist er – –»

Sie schnippte verächtlich mit dem Finger.

«Mr. Thomas ist ein herrlicher Mann, Hannah. Ich habe das gleich herausgefunden. Danke, Hannah, und jetzt möchte ich allein sein.»

Hannah hatte recht, sie hatte Lionel glauben lassen, dass sie ihn gern hatte, um seiner selbst willen gern und nicht nur, weil sie eben einen Mann brauchte. Er war so jung und sauber und konnte so nette Sachen sagen, und es hatte ihr Spaß gemacht, ihn ein bisschen zu quälen.

Jack deckte die Hand über die Augen.

Wenn Lionel nun kam?

Sie ging vor dem Abendbrot zu Bett. Michael kam später herauf. «Liebling», sagte er, «es war wunderschön auf dem Wasser. Ich wünschte, du wärst dabei gewesen. Wir haben uns heute so wenig gesehen.»

Er nahm sie zärtlich in die Arme, aber Jack entzog sich ihm.

«Ich bin müde, Michael.»

Er sah sie verwundert mit den Augen eines kleinen Jungen an, der nicht verstand, dass sein Spielgefährte es auf einmal satthatte, Räuber und Prinzessin zu spielen.

Aber Jack war zu nervös, um ihn jetzt ertragen zu können.

«Wirklich, ich bin müde», beteuerte sie, «lass mich schlafen, Michael.»

«Wie du willst.»

Er zuckte die Schultern.

«Ich hoffe, du bist nicht krank, Jack.»

Sie versuchte zu lächeln.

«Bestimmt nicht, Michael.»

«Morgen sind wir bei Langens eingeladen. Vergiss das nicht, Jack.»

«Nein, Michael.»

Er erhob sich.

«Ich sage dir später noch Gute Nacht.»

Sie öffnete den Mund, sie wollte ihn bitten, sie heute nicht mehr zu stören.

Dann fiel ihr ein, dass sie sich ja schlafend stellen konnte. Aber die ganze lange Septembernacht lag sie wach und weinte leise vor sich hin, aus Angst und Ungewissheit vor dem, was über sie hereinzustürzen drohte.

Als sie gegen Mittag des anderen Tages aus dem Hause ging, wusste sie, dass ihr etwas Unangenehmes bevorstand. Sie traf dieses Unangenehme am Ende der Straße, wo er seit einer halben Stunde auf sie wartete. Aber heute ließ sie sich von ihrer Nervosität nicht hinreißen. Sie trat ihm tapfer entgegen. «Tag, Lionel – willst du dir unser Haus ansehen?»

«Nein. Danke, ich habe keine Lust dazu. Aber lass uns Kaffee trinken gehen.»

Schweigend liefen sie nebeneinanderher, bis sie die kleine Konditorei erreichten. Dort setzten sie sich auf die Terrasse. Lionel sprach kein Wort, er betrachtete Jack intensiv, während er mechanisch die Milch in seinem Mokka verrührte.

«Jack Mamroth», sagte er schließlich und bemerkte doch etwas bestürzt, wie sie zusammenzuckte.

«Vergiss nicht, dass ich verheiratet bin.»

«Aber ich spreche jetzt zu Jack Mamroth, dem Mädchen Jack, und ich möchte ihm sagen, dass ich es gemein finde, weil es mit allem, was es gab auf der Welt, gespielt hat.»

«Aber», warf sie ein, «als wir uns kennenlernten, wusstest du, wer ich war, nicht wahr?»

«Als ich dich kannte, glaubte ich auch noch, dass du so warst, wie du es von dir sagen ließest, leichtsinnig, hemmungslos, kalt und herzlos.»

«Und?», fragte sie.

«Heute weiß ich, dass du nur allen Theater vorgespielt hast.»

«Was heißt das?»

«Ich habe an deine Worte gedacht, die du gestern gesagt hast, und ich habe dein Gesicht dabei gesehen. Sie waren wahr. Du liebst deinen Mann, und das ist, was ich dir übel nehme.»

«Hör einmal. Du bist verrückt. Ich möchte wissen, warum?»

«Weil du immer gesagt hast, du könntest nicht lieben.»

«Du hast es ja doch nie geglaubt», traf sie ihn.

«Das ist meine Sache», wehrte er sie schroff ab, «aber ich will ja jetzt auch gar nicht von mir reden, sondern von all den Dingen, die du anderen zugefügt hast. Du hast verlangt, dass man dich nahm, wie du bist. Du hast niemand erlaubt, den Versuch zu machen, dich zu ändern. Du sagtest, es hätte keinen Zweck, und du sagtest das so überzeugend, dass man es dir glauben musste, nun, und gehandelt hast du danach, indem du tatst, als wäre niemand imstande, dich zu halten. Wenn wir dir langweilig wurden, gingst du fort. Wir nahmen dir das nicht übel, weil du immer deine Veranlagung als Entschuldigung ins Feld führtest. Aber es war eine gemeine Lüge von dir. Du hattest einfach keine Lust mehr. Wir waren dir gerade gut genug.»

«Michael aber kann mich halten», unterbrach sie ihn. Und sie überlegte, dass er gar nicht recht hatte mit dem, was er sagte, denn wie sie sich benommen hatte, war ganz unbewusst und absichtslos gewesen. Sie hätte es selbst nie für möglich gehalten, dass es für sie Liebe und Leidenschaft geben konnte. Sie machte keinen Versuch, sich zu verteidigen. Vielleicht war es für ihn eine Genugtuung, sie so herunterzumachen.

«Und noch eins wollte ich dir sagen, Jack, du hast dich gestern schrecklich unfair benommen.»

Zu seiner Überraschung gab sie es ohne Weiteres zu.

Sie nickte ruhig.

Er gab ihr einen langen Blick. Er war doch schlauer, als sie gedacht hatte, denn er fragte auf einmal, aber ohne jeden verletzenden Spott:

«Hattest du Angst, dass ich dich nun stören würde?»

Und dieses Mal war Jack fair. Sie sah ihn groß an und gestand ohne Zögern ehrlich.

«Ja, Lionel.»

«Ich bin doch keine Frau, Jack», sagte er, «und ich habe dich wirklich geliebt – und – Ober, zahlen! – du brauchst jetzt wirklich keine Angst mehr zu haben.»

5

An diesem Abend zankten sich Michael und Jack zum ersten Male.

Sie waren an dem Abend bei Bekannten zum Essen, und während sie nach dem Abendbrot plaudernd zusammensaßen, kam das Gespräch auf die modernen jungen Mädchen dieser heutigen Zeit.

Michael äußerte sich ziemlich ablehnend gegen das freie Leben, das sie führten, aber niemand pflichtete ihm bei, da sah er auf Jack, aber Jack hatte in diesem Augenblick ganz vergessen, dass Michael eine Generation zu spät geboren war und dass er ein absolut altmodischer Mann war, zudem war sie noch erregt von ihrem Gespräch mit Lionel Clark, und sie verteidigte sich vor sich selber, als sie ihn mit seiner Meinung allein ließ und sagte:

«Ach Gott, ich wünschte, ich wäre nicht im Kloster erzogen worden.»

Da traf sein Blick sie, überrascht und furchtbar traurig. Sie schwieg, bald darauf verabschiedeten sie sich. Er sprach auf dem Nachhauseweg kein Wort.

«Was hast du, Michael?»

«Nichts, Kind.»

Er kam nicht, um ihr Gute Nacht zu sagen. Sie wartete und wartete, schließlich ging sie hinunter und fand ihn unten in der kleinen Halle, die mit seinen Jagdtrophäen geschmückt war. Sie setzte sich auf seine Knie und nahm seinen Kopf in beide Hände. «Was ist, Michael?»

Er legte ihre Hände still zurück.

«Ich dachte», sagte er langsam, «dass du und ich zusammengehörten, dass wir uns verstehen, dass wir dieselbe Einstellung zum Leben haben, dieselben Ansichten, und heute Abend hast du gezeigt, dass deine Gedanken doch andere Wege gehen als meine. Das kann ich nicht begreifen. Und noch etwas, wie kannst du darüber urteilen, ob die Lebensart der modernen Mädchen die richtige ist. Du bist doch ein Kind ohne jede Erfahrung. Warum muss die Eitelkeit der Frau immer widersprechen, wenn Herz und Gehirn auch anderer Meinung sind?»

«Aber Michael», rief Jack und rutschte von seinem Schoss, «vergiss nicht, dass ich über ein Jahr allein durch die Welt gestrolcht bin, und glaub mir, gerade der Kontrast zwischen meiner Kindheit und dem Leben hat mich seltsam berührt. Ich bin wirklich der Ansicht, Michael, dass ein Mädchen vor der Ehe die Liebe kennenlernen muss. Sonst ist sie nachher wie verraten und verkauft. Woher soll sie wissen, welcher der richtige Mann für sie ist, wenn sie gar keine Erfahrung besitzt, keine Vergleichsmöglichkeit, und sich selbst noch nicht kennt.»

Sie redete sich immer mehr ins Feuer und sah nicht den erschrockenen Ausdruck seiner Augen. Schließlich schwieg sie. Es war eine Weile still zwischen ihnen. Dann fielen Michaels Worte wie eine Bombe zwischen sie.

«Und woher hast du es gewusst, Jack, dass ich der Richtige für dich war?»

Jack drehte sich schnell herum, das Blut schoss ihr in die Wangen. Jetzt – jetzt – was hatte sie angerichtet? Was sollte sie nur sagen?

«Aber Michael», flüsterte sie, «was für eine Frage?»

«Warum hast du mich dir ausgesucht?»

Irrte sie sich, oder klang seine Stimme erschreckend ernst?

Sie kam an ihn heran und legte ihre Lippen auf seinen Mund. Er ließ sie gewähren, dann schob er sie von sich. «Nun, Jack?»

«Ich fühlte es», stammelte Jack, die nicht mehr wusste, was sie antworten sollte.

Er lächelte ihr zu.

«Siehst du», sagte er, «du fühltest es. Sollten Frauen nicht eigentlich so lange warten können, bis sie es fühlen?»

«Vielleicht haben sie keine Lust, so lange zu warten.»

«Wie deine Schwester June.»

Sie biss die Zähne aufeinander.

«Wenn ihr Blut stärker ist, Michael, und …»

«Ach, hör auf», bat er, und jetzt zog er sie an sich heran.

«Ich bin sicher, dass du diese ganzen verdrehten Ansichten nur von June übernommen hast. Und dein ganzer Widerspruch war nur eine Verteidigung Junes. Was, Liebling?»

Jack zwang sich zu einer bejahenden Bewegung. Jetzt musste June Michael kennenlernen. Es half nicht mehr.

Michael nahm sie in seine Arme und trug sie die Treppe hinauf in sein Zimmer.

6

June Mamroth kam eine halbe Stunde vor dem Mittagessen. Hannah, die Jacks Schwester nie gesehen hatte, starrte sie an, als sähe sie ein Gespenst.

«Aber, aber», stotterte sie und wandte sich Hilfe suchend an Jack, die von dem Balkon Ausschau gehalten hatte und nun die Treppe heruntereilte. «Das ist doch fast unmöglich, Miss.»

Jack lachte. Sie sah aber ebenfalls June an. War sie ihr tatsächlich so ähnlich?

Hätte Jack geahnt, dass die äußere Ähnlichkeit wesentlich geringer als die ihres Wesens war, vielleicht wäre sie ängstlich geworden. Aber Jack kannte ja Angst kaum, und dies war der wesentlichste Unterschied zwischen den beiden Mädchen. June war Jack, aber eine furchtlose Jack, eine ganz interesselose Jack ohne jede Neugier, eine sexuell schlafende Jack, die, wenn sie aber einmal erwachte, Jack vielleicht an Temperament noch überholt hätte. Keiner von beiden wusste dies, und doch war gerade dieses der Grund, warum sie einander so liebten. Sie waren beide getreue Ebenbilder der Frau, die Mamroth so abgöttisch geliebt hatte.

«Mein Liebling», sagte Jack und zog June mit sich fort. Hannah, die sich noch immer nicht von ihrer Überraschung erholt hatte, starrte ihnen fassungslos nach.

«Wie du zitterst», sagte Jack, als sie über die Veranda in den Garten gingen, wo Michael saß. «Bitte, sei ganz wie immer, June.»

Außer Michael war noch Georg Ritter anwesend, ein junger Mediziner. Jack hatte ein Beisammensein zu viert für besser gehalten. June blieb mitten auf dem mit rotem Kies bestreuten Wege stehen und deutete mit dem Finger auf die beiden Männer. «Welcher ist Michael, Jackie?»

Jacks Augen folgten der ausgestreckten Hand, und so sah sie nicht, dass Junes Gesicht auf einmal wie zu einer Maske erstarrte.

«Der große Schwarzhaarige», sagte sie. Michael kam ihnen entgegen. Auch er schien sichtlich von der frappanten Ähnlichkeit der Schwestern betroffen.

«Das ist June, Michael.»

Jack schob die Schwester vor.

«Und das, June, ist mein Mann.»

«Mein Mann.» Die beiden Worte überfuhren June wie ein Peitschenhieb. Jacks Mann und der Mann – o Gott – wie entsetzlich! – ihr Idealbild eines Mannes.

«Ich freue mich», sagte Michael und schüttelte June herzlich die Hand, «ich freue mich, Sie –»

«Du, Michael.»

«Dich endlich kennenzulernen, June.»

«Ich bin froh, dass du Jacks Mann bist», entgegnete June und lächelte.

Viel mehr war es nicht, was an diesem Abend zwischen Michael Thomas und June Mamroth gesprochen wurde. Jack wunderte es nicht. Michael war immer am Anfang einer Bekanntschaft schweigsam. Zumal in diesem Falle, und June war eben befangen. Der kleine Dr. Ritter und Jack führten fast die ganze Unterhaltung. Er musste früh gehen und erbot sich, June heimzubringen, falls auch sie gleich aufbrechen wollte. Michael und Jack geleiteten sie bis zur nächsten Straßenecke.

«Du musst recht viel zu uns kommen, June», hörte Jack ihren Mann sagen.

Sie lächelte ihm dankbar zu. Wie gut er war.

«War es sehr schlimm?», flüsterte sie June zu.

Die schüttelte den Kopf.

«Nein, Jackie, nein! Michael ist wirklich sehr ... Ich – ich kann verstehen, dass du ihn liebst –»

«Gott sei Dank. Nun bist du nicht mehr eifersüchtig?»

Aber June schien diese letzte Frage nicht mehr vernommen zu haben.

«Bist du müde?», fragte Michael, als sie ihr Haus wieder betraten.

«Nicht ein bisschen.»

«Dann lass uns noch in den Garten gehen.»

Sie nahmen Kissen und Decken heraus, warfen sich in die Liegestühle und sahen in den Himmel hinauf, der in dieser klaren Septembernacht mit glänzenden Sternen besät war.

Eine Weile rauchten sie schweigend. Jacks Hand lag auf Michaels Knie, und ab und zu beugte er sich und küsste ihre Fingerspitzen.

Im Hause war alles dunkel, nur ein Fenster stand offen, und sie hörten Hannah eine Melodie summen.

Bisweilen tun das auch Stockengländerinnen, und Hannahs unmusikalisches Gesumme hatte etwas Rührendes.

«Schade, schade», murmelte Michael nach einer Weile.

«Was ist schade, Michael?»

«Schade um June.»

«Du findest sie also nett?», konstatierte Jack frohlockend.

«Man muss sie nett finden, weil sie dir so ähnlich schaut, Jack. Aber es ist ein Jammer um das Kind. Wenn man bedenkt, was June für ein Leben führt und was sie für einen Mann bedeuten könnte.»

Jack enthielt sich jeder Antwort.

«Dabei hat sie absolut unschuldige Augen», fuhr Michael nachdenklich fort, «sei nicht böse, Jack, aber wenn ich mir June vorstelle, so muss ich unwillkürlich an den scheußlich kitschigen Titel eines Filmes denken.»

«Nun?»

«Die keusche Kokotte.»

«Pfui, Michael.»

«Ich sagte, du solltest nicht böse sein, Jack, und ich meine es auch nicht hässlich. Aber bei Gott, wie kann sie bei ihrer Jugend so raffiniert scheinheilig tun?»

«Scheinheilig, Michael?», erwiderte sie etwas empört, «gibst du nicht etwas zu viel auf den Klatsch?»

«Leslie Waddington pflegt nicht zu lügen.»

«Leslie?»

Jack erstarrte.

«Als euer Vetter muss er doch eine gewisse Ahnung haben, und er schrieb mir einmal wörtlich in einem Brief: ‹Lass dich nicht von der Scheinheiligkeit Junes bluffen. Sie versteht es vortrefflich, ein unschuldiges, kleines Mädchen zu spielen, während sie es faustdick hinter den Ohren hat.›» Jack entgegnete nichts.

Lieber Leslie. Er hatte ihr helfen wollen. Er hatte Michaels eventuelle Zweifel an Junes Verderbtheit, die man ihr äußerlich so gar nicht anmerkte, von vornherein beseitigen wollen. Alles, um Jacks Glück sicherzustellen, und alles auf Junes Konto. Wie erbärmlich sie war, das alles geschehen zu lassen.

«Und doch», sagte Michael und sich aufrichtend, «glaube ich nicht so unbedingt an Junes ausschweifendes Leben. Vielleicht ist es möglich, Jack, dass eine feste, liebevolle Hand sie zurückführen kann.»

«Sicherlich, Michael, wenn June überhaupt einem Einfluss zugänglich ist. Willst du ‹Seelenretter› spielen, Michael?»

Er bejahte die Frage nicht direkt, aber er sagte: «Sie ist nun einmal deine Schwester, Jack.»

7

«Ach nein, du, Michael?»

Er stand auf der Straße, als sie vom Kolleg kam.

«Ich wollte dir nur sagen, June, dass du antelefonieren sollst, wenn du freie Zeit hast. Wenn du Lust hast, können wir ein bisschen Sport zusammen treiben, segeln, Tennis spielen oder Auto fahren.»

«Sehr lieb von dir, Michael, aber ich habe so viel zu tun.»

Er sah sie an, und sie fügte sehr schnell hinzu, «und immer sehr viele Verabredungen.»

«Könntest du deine Verabredungen nicht ein bisschen aufstecken?»

«Aber es sind sehr nette Verabredungen», und June dachte an die stillen, einsamen Abende in ihrer kleinen Wohnung.

Er zuckte die Schultern. Es lag ihm nicht, jemand zu drängen, aber er wollte so gern, dass sie ihre freie Zeit nicht dazu anwendete, sich in schlechten Ruf zu bringen.

«Also», sagte er, «ich warte jedenfalls.»

June sah ihm nach, wie er davonging, und es fiel ihr auf, dass er keinen Hut trug. Und sie dachte dasselbe, was Jack damals empfunden hatte, «was für herrliches schwarzes Haar».

Am Nachmittag telefonierte sie mit Jack und erzählte ihr von Michaels Vorschlag.

«Ja, ich weiß, tu es ruhig, aber nicht wahr, vergiss nie ...»
«Aber Jack!»
«All right, June.»
«All right, Jack.»

*

Zwei herrliche Wochen folgten, in denen June und Michael sich fast jeden Tag trafen. Michael sprach selten über die Stunden, die er mit ihr verbrachte, aber June telefonierte jedes Gespräch an Jack weiter. Dann kam ein Abend, wo Michael Thomas June nach Hause brachte. Er tat es fast jedes Mal, aber diesmal verabschiedete ihn June nicht wie stets an der Haustür, sondern sagte: «Willst du dir nicht einmal meine kleine Wohnung ansehen, Michael, ich habe einen reizenden, kleinen Dachgarten, und du kannst einen Tee haben, wie du ihn willst.»

So kam Michael herauf. Sie saßen in weichen, bequemen Korbstühlen, bunte Cretonnekissen im Rücken, als Michael Junes Hand ergriff und sagte: «Kleines, findest du es richtig, dass du als neunzehnjähriges junges Mädchen so allein lebst?»

«Aber Michael, was für veraltete Anschauungen.»

Voller Angst empfand sie sein Verlangen, sie irgendwo gut unterbringen zu können, um sie zu kontrollieren. Und das ging nicht. Dann hätte er entdeckt, dass sie ihre Nächte nicht in Bars oder sogar in fremden Wohnungen verbrachte, sondern sehr still immer daheim saß.

«Ich meinte nur», sagte er, «sieh mal.»

Nervös geworden, wies sie ihn schroff ab: «Ach, Michael, Anstandspredigten langweilen mich entsetzlich.»

Er erhob sich kurz ...

«Man muss viel Geduld mit June haben», sagte er später zu Jack, «wir wollen auch nichts übereilen.»

*

In den nächsten Tagen erwartete er vergeblich Junes Telefonanruf. Sie ließ nichts von sich hören. Als Jack sich endlich entschloss anzurufen, sagte sie, dass sie am gleichen Abend auf ein paar Tage verreise. Michael krauste die Stirn.

«Was es doch für verantwortungslose Männer gibt», bemerkte er nur. Jack schwieg dazu. Sie hatte es etwas aufgegeben, June immer wieder zu verteidigen. Sie litt so sehr unter den schmutzigen Beschuldigungen, die durch ihre Lüge June trafen.

*

June verreiste indessen nicht. Sie hatte nie daran gedacht, von Berlin fortzugehen. Sie besuchte auch das Kolleg nicht mehr. Sie blieb daheim, aber außerstande, auch nur einen Strich Arbeit zu leisten. Der Kopf schmerzte sie von allzu vielem Grübeln. Nachts lag sie wach und spürte ihr Blut, das plötzlich seine eigene geheimnisvolle Sprache redete. Naturnotwendigerweise hätte sie sich nun, diesen neu erwachten Wünschen folgend, in das «brausende Leben» stürzen müssen. Aber June war eben nicht wie Jack, die furchtlos und leichtsinnig ihren Trieben folgen konnte. Michael! Sie wusste, dass er sie verachtete, dass er ihr gegenüber ungerecht war, aber nur, weil sie und Jack es so wünschten. In Wirklichkeit jedoch wollte sie ihm keinen Grund geben, sie verachten zu dürfen. Lag ihr denn so viel an ihm?

Erst zehn Tage später entschloss sich June, Michael wiederzusehen. Sie trafen sich im Schwimmbad. Es war mittlerweile Oktober geworden und viel zu kalt bereits, um im Freien zu baden.

Michael war höflich und liebenswürdig wie immer, aber doch merklich kühler, und Junes Herzschlag setzte bei der Entdeckung, dass sie sein Benehmen schmerzte, fast aus.

An diesem Tage, übernervös und gereizt, reagierte ihr Blut noch stärker auf ihn.

Die Musik spielte. Sie saß an der Balustrade und trank einen Kognak.

Sie sah sich suchend nach Michael um, bis sie ihn auf dem Sprungbrett gewahrte. Sie winkte zu ihm hinauf, und plötzlich dachte sie, «was für ein herrlicher Mann». Sie sah, wie sein vollkommener, muskulöser Körper sich spannte, streckte und mit einem wundervollen Abschnellen im Gleitflug durch die Luft schoss.

Sie stützte den Kopf in die Hand. Was war denn nur mit ihr? Jack tauchte in ihren Gedanken auf, der Nachmittag im Adlon, wo sie, gerade von der Reise zurück, sich umzog. Noch einmal durchlebte sie die quälenden

Minuten, als die Schwester halb entkleidet im Zimmer herumlief.

Seltsam, sie fühlte dieselbe Erregung wie damals, als sie den nackten, schmalen Körper hinter sich wusste, so nah und doch unerreichbar.

Dieselbe Erregung. Nur tiefer, stärker, durchdringender. Und jetzt empfand sie auch den Unterschied ihres Gefühls. Damals hatte sie übertriebene, gesteigerte Zärtlichkeit gepackt, Jack in die Arme nehmen zu dürfen, hier war es ein direktes, brennendes, unbeherrschbares Verlangen, Michaels Körper zu fühlen. Um Gottes willen!

Sie starrte in das Wasser, das Michaels sehnige Arme in schnellen, starken Stößen teilten. Jetzt tauchte er unter ihr auf.

«Nun», fragte er, «hast du schon genug für heute?»

«O nein», sagte sie schnell, «Dein Sprung war herrlich, Michael!»

«Kannst du eigentlich springen?»

«Ja», sagte sie und wusste gar nicht, dass sie log, «aber natürlich.»

Auf einmal war er wie verschwunden. Er tauchte. Als er wieder an die Oberfläche kam, sah er in ein blasses Gesicht.

Sie bemühte sich, das Zittern ihrer Stimme zu verbergen.

«Du bliebst so lange unten.»

Er lachte sie aus. Er konnte Angst nicht verstehen. «Los», sagte er, «springen wir einmal zusammen!»

Sie machte keine Einwendungen. Es musste einfach

gehen. Sie warf den Bademantel ab und lief über den schmalen, wippenden Steg zur Leiter.

«Wie ähnlich sie sich doch sind», dachte Michael, als er hinter ihr zum Brett emporkletterte, «selbst in den Bewegungen.»

«Zusammen?», fragte er noch einmal. Sie nickte nur. Sie konnte kaum atmen. Gleich würde sie seine Hand auf ihrer bloßen Schulter spüren, Michaels Hand. Wie wunderbar war es, auf seine Berührung zu warten. Er legte den Arm um ihre Schulter.

«Aufpassen», mahnte er, «zählen, eins, zwei, drei!» Arm in Arm glitten sie durch die Luft. June schloss die Augen. Wie merkwürdig heiß ihr Blut in den Adern brannte. Sie gab sich ihm in diesen kurzen Sekunden, ohne dass es einer von ihnen ahnte. Sie merkte nicht, wie er sie dann losließ, und schlug schwer auf das Wasser, das ihr die Oberschenkel blutig peitschte.

«Oh», sagte er erschrocken, «jetzt hast du doch nicht achtgegeben.»

«Macht nichts», murmelte June durch zusammengepresste Zähne, «versuchen wir es noch einmal.» Wieder dasselbe wunderbare Gefühl, als stünde ihr ganzer Körper in Flammen, als sie die Berührung seiner Hände fühlte. Nur mit alleräußerster Willenskraft gelang es ihr, einen nochmaligen Aufprall zu vermeiden.

Achtmal hintereinander sprangen sie. Er lachte über ihren plötzlichen Eifer. Die Leute klatschten Beifall. Sie hörte es nicht. Alles um sie her war versunken. Es gab nur noch Michael und den leisen Druck seiner Hände.

«Jetzt ist es genug», rief er endlich außer Atem. «Zieh dich an, June, es ist spät. Ich möchte Jack nicht warten lassen.»

Jack!

Ja, es gab eine Jack auf dieser Welt, nur Minuten entfernt. Sie hatte sie in dieser letzten Stunde ganz vergessen.

Sie gingen den Flur entlang. Bevor sie sich vor ihren Zellen trennten, lehnte sich June auf einmal kurz an Michael an.

«Du», sagte sie, «es ist schön, dass du da bist.»

Er lächelte ihr zu. Und auch June erlebte die geheimnisvolle Güte seines Lächelns. Sie schauderte zusammen.

«Wir werden noch gute Freunde werden, June», sagte er warm und drückte ihre kleine feuchte Hand, erfreut, dass sie ihm endlich seine Existenzberechtigung für sie zugestand.

«Mach schnell, ja? Wir treffen uns draußen am Eingang. Wer zuerst fertig ist – los!»

Aber am Portal war June nicht zu finden. Ungeduldig sah er nach der Uhr. Wo blieb sie? Jack wartete. Er hatte keine Zeit mehr, noch einmal zurückzugehen. Es wäre auch vergebens gewesen, denn June, eher fertig angezogen als er, saß längst in einer Autodroschke und fuhr, herzzerbrechend vor sich hin schluchzend, heim.

8

Sie liebte Michael.

Diese Entdeckung über ihre wahren Gefühle erschütterte sie. Die ganze lange Nacht lag sie wach und kämpfte gegen dieses grauenvolle Wissen an.

Tatsächlich: Sie liebte ihn. Sie begehrte ihn.

Hoffnungslos, diese Empfindungen zu unterdrücken. Sie waren da, plötzlich, unerwartet, erschreckend, heftig in ihrer ersten, starken Sehnsucht.

Sie liebte ihn.

Sie durfte ihn nie wiedersehen, nie, nie wieder. Ihr Gefühl durfte nicht gänzlich mit ihr durchgehen. Wohin hatte er sie doch bereits getrieben? Sie liebte den Mann ihrer Schwester.

Jacks Mann!

Konnte sie denn überhaupt noch weiterleben? Diesmal reiste June wirklich. Sie musste allein sein, weit fort aus seiner Nähe.

June fuhr in ein Dörfchen an der Ostsee. Es regnete dort, und sie litt unter Depressionen.

Sie liebte Michael.

Sie zwang sich zu versuchen, ihn zu vergessen. Vergebens. Ihr einmal erwachtes Blut schrie seine ganze unverbrauchte Jugend durch ihren Körper, den sie nicht mehr in Gewalt hatte. Michael, ein verheirateter Mann.

Jacks Mann.

Aber was bedeutete ihr Jack in diesen Tagen. Jack war eine Frau wie viele andere auch, nur dass sie dem Schicksal der meisten Frauen entging, betrogen zu werden. Michael liebte sie. Er hatte einmal, ein einziges Mal, mit ihr über Jack gesprochen. Sehr kurz, sehr knapp. «Jack ist die einzige Frau auf der Welt, die ich liebe. Es gibt für mich keine andere Frau. Sie ist mir alles. Jack ist ein ehrlicher, gerader Mensch. Ich kann ihr vertrauen. Es ist das Einzige auf der Welt, für das es sich lohnt zu leben, dieses wunderbare, unbeschreibliche Gefühl, jemandem restlos vertrauen zu können.»

Er vertraute Jack, die ihn betrogen hatte. Er glaubte Jack, die ihn belogen hatte, er achtete Jack, die ihn hintergangen hatte.

Ihr vertraute er nicht, ihr würde er niemals glauben, seine Skepsis würde ihm nie erlauben, ihr absolut zu glauben, sie würde immer fürchten, dass sie in ihr altes «Lotterleben» zurückfiel. Und furchtbar, er würde sie nie achten. Ihr nicht die selbstverständlichste menschliche Achtung entgegenbringen. Er war ja ein altmodischer Mensch mit verschrobenen Ansichten. Er war so unbeirrbar stolz. Sie, June, hatte sich in seinen Augen vergeben.

In ohnmächtiger Wut schüttelte June die geballten Hände gegen Jack. Was hatte ihr Jack getan! Gemeine, egozentrische Jack! Sie wollte gar nicht Michaels Liebe, sie wollte Jack nichts nehmen, und sie wusste auch, dass sie das nicht konnte. Michael war nicht der Mann, den man jemand ausspannen konnte, und Jack nicht die

Frau, die sich jemand fortnehmen ließ, aber sie wollte, dass Michael sie achtete, wie man einen anständigen Menschen achtet. Sie wollte sich das wiederholen, was Jack ihr gestohlen hatte, ihre unberührte Reinheit. Altmodische Ambitionen, gewiss, aber wenn es im Leben solche Männer wie Michael Thomas gab, dann würden auch plötzlich begrabene Anschauungen wieder lebendig. Sie konnte das einfach nicht länger vertragen, wie er mit gütiger Geduld versuchte, sie aus einem Sumpf zu holen, der überhaupt nicht existierte. Zerquälte, durchweinte Nächte, schreckliche Tage.

Hingehen und sagen «Michael, höre» und alles erzählen, sich reinwaschen. Was aber bedeutete das? Es hatte doch keinen Sinn. Er würde sie nie lieben, aber er würde sie wenigstens als gleichwertig anerkennen – aber wenn sie das wollte, musste sie Jacks Glück zerstören. «Er darf es nie erfahren, June. Er würde es nie verwinden, wieder enttäuscht zu sein.»

Jacks Worte fielen ihr ein. Ja, sie wusste, er würde es nie verwinden. Seine Selbstsicherheit würde mit einem Schlag zusammenbrechen, wenn er erfuhr, dass man ihn zum zweiten Mal genasführt, dass er sich wieder geirrt hatte. Diese Art von stolzen Leuten ertrugen einfach nicht, hereingelegt worden zu sein. Er würde an sich selbst verzweifeln, an seiner Urteilsfähigkeit, seiner Menschenkenntnis, und er würde schließlich an sich selber zugrunde gehen.

Konnte sie ihm das antun? Sie liebte ihn doch viel zu sehr, um ihn zu vernichten, und Jack – –

Da war doch Jack. Glücklich in ihrer Lüge.

So unbeschreiblich glücklich. Sie kannte doch Jack.

June stand am windgepeitschten Meer. Kindlich suchte sie den Ausweg aller jungen unglücklichen Menschen: sterben, dann würde alles gut sein.

Sie brauchte sich nicht weiter zu quälen, sie würde nicht mehr ungerecht erniedrigt sein. Kein Hahn krähte nach ihr. Michael würde sagen «Mädchen ihres Schlages enden so oder noch schlimmer».

Und Jack?

Jack würde in dem Augenblick empfinden, wie es um June gestanden hatte. Sie würde es erraten. June hatte Michael geliebt, und vielleicht hätte Michael June geliebt, wenn – sie würde nie mehr glücklich sein können. Und dann, June knirschte mit den Zähnen, sie kannte doch Jack, die so fair war trotz allem, Jack würde den «schlechten Ruf» nicht auf der toten June sitzen lassen. Sie würde alles eingestehen, und dann wäre doch alles vorbei. Nein – Selbstmord wäre in diesem Falle eine berechtigte Gemeinheit, aber war Jack nicht auch gemein? Und dann dachte June an die dunklen Winterabende im Kloster, wenn sie sich graute, als der Wind heulte und Jack aller Strafen zum Trotz durch die schaurigen Gänge eilte, um zu ihr zu kommen, damit sie schlafen konnte. Fast fünfzehn Jahre war Jack ihr alles gewesen. Hatte sie ausgefüllt, sie mit Liebe umgeben. Was wäre sie ohne Jack?

Zwei Wochen brauchte June, um sich durchzukämpfen. Dann fuhr sie nach Berlin zurück. Sie würde nichts sagen, nie etwas sagen. Sie liebte Michael, und er verachtete sie, aber sie hatte Jack ihr Versprechen gegeben, Jack, die ihr die traurige Kindheit so hell und glücklich gestaltet hatte.

9

Als June das kleine Haus in Zehlendorf betrat, fand sie Michael allein in seinem Zimmer.

Er saß vor dem Kamin und hielt ein Buch in der Hand. Aber er las nicht. Er starrte nachdenklich in das Feuer, das hell und warm brannte. Ihr Herz begann zu klopfen in aufgeregten, schnellen Schlägen, als sie ihn so allein sah. Und noch bevor sie ihm Guten Tag sagte, fragte sie: «Wo ist denn Jack?»

Beim Klange ihrer Stimme drehte er sich um. Aber er stand nicht auf.

«Aus», sagte er kurz. «Willst du dich nicht zu mir setzen, June?»

June kam langsam näher. Ihr Herz klopfte zum Zerspringen. Jack war fort. Sie war ganz allein mit Michael, ganz allein. Sie trat hinter seinen Stuhl. Ein kleiner Schimmer des Feuers lag auf seinem Haar. Momentlang fühlte sie die Versuchung, es zu streicheln. Aber es war ungerecht gegen Jack. Sie ließ sich in einen Stuhl ihm gegenüber fallen. «Nun?», fragte Michael, «wie war es heute in der Universität?»

«Wie immer.»

June schüttelte gelangweilt den Kopf. Dann schwieg sie.

Beide saßen still. Und beide betrachteten sich gegenseitig heimlich, aber intensiv. Nur die Scheite im Kamin knisterten.

«Was denkst du, Michael?»

«Nichts.»

«Lüg nicht.»

«Nein, ich dachte über dich nach, June.»

«Über mich?»

Wieder Schweigen.

Plötzlich beugte sich Michael vor und tastete nach Junes Hand, die lang ausgestreckt auf der Lehne des Sessels lag.

«Wie alt bist du, June?»

«Zwanzig, nächsten Monat, warum?»

Er gab ihr einen langen Blick. Wie hell ihr Haar war.

«June, muss das sein?»

«Was, Michael?» Sie sah ihn groß und verständnislos an.

«Dies – dein Leben?»

Sie lachte. «Was hast du daran auszusetzen?»

«Viel.»

«Viel? Weshalb? Ich glaube, es gibt nichts Langweiligeres als mein Leben. Früh aufstehen, früh schlafen gehen und dazwischen aufreibende Arbeit.»

«Aber June!»

«Warum siehst du mich so vorwurfsvoll an?»

«Ich will nicht, dass du schwindelst.»

«Aber Michael, wie kommst du darauf? Ich schwindle nicht.»

«June –» Er ließ den Kopf sinken.

«Natürlich habe ich kein Recht, mich in Dinge einzumischen, die mich nichts angehen. Aber ich finde es jammerschade um dich.»

Sie hob ihre hellen jungen Augen erstaunt zu ihm auf.

«Ich weiß wirklich nicht, was du meinst, Michael.»

Er wurde ungeduldig. Er hasste alles Versteckspielen. Er hasste das Raffinement, mit dem sie die Unschuldige so glaubwürdig zu spielen versuchte. Sie war so jung und schon so – –

«Sieh mich nicht so an, Michael! Deine Augen sind ganz böse. Du musst etwas sehr Schlimmes über mich denken.»

«Wie können zwei Schwestern so verschieden sein?», sagte er nachdenklich. «Jack so ehrlich und gerade und du so heimlich und –»

«Oh, oh!»

Sie verstand jetzt, was er meinte. Er hörte verwundert ihren Aufschrei.

«Siehst du», sagte er, «es ist Unsinn, mir etwas verbergen zu wollen. Ich weiß alles. Dein ganzes Leben. Den ganzen Klatsch um dich. Leugne doch nicht. Gewiss, ich kann verstehen, dass nach eurer strengen Erziehung die Reaktion bei dir einsetzte. Aber du hast es ein bisschen reichlich toll getrieben, June. Man hört so allerhand. Und ganz gewiss nichts Schönes. Und, June, versteh mich recht. Ich bin dein Freund, und ich wünsche dir alles Gute, und darum bitte ich, schränke deine Launen, deine Wünsche ein bisschen ein. Treib dich nicht mehr in allen Nachtlokalen herum. Lass deine tausend Freunde nicht so oft zu dir kommen. Zeig dich nicht mit so merkwürdigen Individuen. Glaub mir, Kleines, es schadet dir. Und eines Tages wirst du es bitter bereuen. Ich weiß, meine Ansichten sind altmodisch, aber es gibt auch solche Männer wie mich, und wenn du an so einen gerätst – –»

«Du Schaf – du Schaf», sagte June und lachte laut. Aber er sah, dass sie weinte.

«Was sagtest du, June?»

«Oh, ich meinte nicht dich, Michael. Ich sprach mit mir selber, oh – –»

«Aber was ist denn, June? – Siehst du das nicht ein. Ich meine es doch nur gut mit dir.»

Jack, Jack, was tatest du mir? Jack, was hast du angerichtet? O Jack, da sitzt der Mann, den ich liebe, und er verdammt mich, weil – – oh, und ich gab dir mein Versprechen, ich muss es halten, ich muss – –

«June, sag einmal, hast du mich gern?»

«Aber ja, Michael.»

«Ich meine, liegt dir etwas an meiner Freundschaft?»

«Sehr, sehr viel, Michael.»

Er starrte sinnend vor sich hin.

«Ich möchte dir helfen, June. Und darum ist es besser, dass wir uns nicht mehr sehen, wenn du es so weiter treibst.»

Er wollte sie nicht mehr sehen! Jack, ich hasse dich, Jack! O Jack! Weißt du, was du mir getan hast? Jack, du hattest kein Recht, dies Versprechen von mir zu verlangen, aber ich habe das Recht, es zu brechen. Ja – verzeih mir, Jack, vielleicht tue ich dir unrecht. Aber es geht um mein Leben. Ich kann den Preis nicht zahlen. Ich –. Sie sprang auf. Sie kam auf Michael zu. Sie nahm seinen Kopf in beide Hände.

«Michael», schrie sie, «Michael – ich liebe dich.»

«Bist du verrückt geworden, June?»

Er fuhr auf. Heftig atmend standen sie sich beide gegenüber.

«June, um Gottes willen. Was redest du da? Wie kannst du es wagen, dem Mann deiner Schwester – –»

«Ich liebe dich, Michael, oh, ich liebe dich so sehr.»

«Sei still, hörst du!»

Prüfend und kopfschüttelnd betrachtete er sie.

«Bist du doch noch hemmungsloser, als die Leute dich machen?»

Sie lachte, lachte. Er rüttelte sie hin und her.

«June – June, um Gottes willen.»

«Das sagst du mir, das sagst du mir!»

«June, jetzt hör auf – sofort – verstehst du. Oder ich bringe dich sofort nach Hause.»

Sie ließ sich in ihren Sessel fallen. Ihre Stimme klang ganz ruhig und klar.

«Lieber Michael, hör mir einmal zu, ohne mich zu unterbrechen. Bitte. Alle Anschuldigungen und Vorwürfe, die du mir entgegenschleuderst, treffen Jack.»

«Was fällt dir ein?»

«Du wolltest mich nicht unterbrechen, Michael, nicht wahr? Also alles Gerede, das über Miss J. Mamroth geht, gilt Jack.»

«Bist du wahnsinnig, June?»

«Hör zu, Michael. Jack ist diese gewisse J. Mamroth, über die man sich den Mund zerreißt.»

«Ich werfe dich hinaus!»

«Still sein, Michael Thomas. Ich würde meine Schwester nicht verraten, wenn ich dich nicht liebte.

Verstehst du? Jack liebte dich und wusste, wie du warst und dass du sie nie heiraten würdest, wenn du ahntest, dass sie es war, über die man klatscht, deren Verhältnisse stadtbekannt sind, deren Leben – –»

«June – du.»

Er hielt ihr die geballten Fäuste vor die Augen.

June legte sanft ihre linke Hand über sie.

«Armer Michael. Damals kam Jack zu mir und bat mich, all dieses, was du so verurteilst, auf mich zu nehmen.»

«Du lügst, du – –»

«Biest», vollendete sie ruhig. «Sag es nur, es trifft mich nicht. Ich weiß, was du denkst. Du denkst, dieses Mädchen liebt mich und will ihre Schuld auf Jack abwälzen, damit ich – – nun, Michael, es ist genau das, was Jack getan hat, um dich zu bekommen.»

«Du lügst, June, pfui, wie gemein.»

«Lauf nicht so aufgeregt herum, Michael. Ich spreche die Wahrheit.»

Er kniete neben ihr hin und sah sie an. Eine irrsinnige Angst überfiel ihn.

«Sag, dass du lügst, liebe June, sag, dass es nicht wahr ist.»

«Es ist wahr, Michael. Ich schwöre dir.»

«Jack? – Es ist unmöglich! Vollkommen unmöglich!»

Sie zuckte die Achseln.

«Ich glaube dir nicht, June.»

«Ich kann es dir beweisen.»

«Was? Nein! Ja! June.»

Sie öffnete die Handtasche und zog einen zerknitterten Briefbogen hervor, den sie in letzter Zeit immer mit sich trug.

«Hier», sagte sie ruhig.

Er nahm das Blatt, zauderte einen Moment und zerriss es dann in winzig kleine Stücke.

June erblasste.

«Nun musst du sie selber fragen», sagte sie dann. «Jack wird es dir sagen, wenn du sie fragst, denn, Michael, Jack ist nicht schlecht, gewiss nicht – und ich wollte sie auch nicht schlecht machen, Michael. Ich wollte es dir nie sagen, weißt du. Ich dachte, ich liebte nur Jack. Sie war mir alles, alles, bis ich dich kennenlernte und einsah, dass es noch eine andere Art von Liebe gibt. Und diese andere Art hat mich verrückt und gemein gemacht. Ich weiß das. Ich weiß auch, Michael, dass du mich hassen wirst, weil ich dir den größten Schmerz zufügen musste, den es für einen Menschen gibt, aber das ist alles zu ertragen, denn ich liebe dich; einerlei, ob du meine Gefühle erwiderst oder nicht. Aber mich beschimpfen lassen, das, Michael, das konnte ich nicht länger ertragen – und – und – vielleicht war ich hundsgemein. Jack vertraute mir. Michael, starr mich nicht so an. Aber du drohtest mir, dich nicht wiederzusehen. Ich – oh, und, Michael, du darfst auch Jack nicht böse sein, denn – –»

«Rede nicht von Jack, June.»

«Michael, wie siehst du aus?»

«Lass mich, June.»

«Verzeih mir, Michael. Ich war verrückt.»

«Ich danke dir, June – arme June.»

«Michael – Michael!»

«Gehe jetzt.»

«Nein, nein. – Jack, ich muss jetzt bei ihr bleiben.»

«Du lässt mich mit Jack allein, hörst du?»

Plötzlich schwiegen sie beide. Auf dem Flur hörte man Jacks helles Pfeifen.

«I can't give you anything than love, baby», hier wurde der Ton falsch. Jetzt machte Jack die Tür auf. Sie blieb auf der Schwelle stehen.

«Habt ihr beiden euch gut unterhalten?»

Sie ging auf June zu und küsste sie.

«Du siehst so hübsch heute aus», bemerkte sie.

«Na, Michael, was für ein Gesicht. Warum so ernst?»

«Kann ich dich eine Minute sprechen –»

«Aber was ist denn?»

«Komm bitte ins Schlafzimmer.»

Jack sah verständnislos von einem zum anderen.

Michael ging mit harten, raschen Schritten aus dem Zimmer. Jack folgte ihm verwirrt. An der Schwelle drehte sie sich noch einmal um und zuckte die Schultern.

«Kannst du mir sagen, was los ist, June?»

Aber June antwortete nicht. Sie starrte aus dem Fenster, und da sie mit dem Rücken zu Jack stand, konnte Jack nicht sehen, dass ihr Mund fassungslos zitterte.

«Hallo», sagte Jack noch einmal, aber June rührte sich nicht. Jack krauste die Stirn und folgte kopfschüttelnd Michael.

Er saß auf dem Bettrand und trommelte mit beiden Händen gegen den Pergamentschirm der Nachttischlampe. Dann setzte er sich an den Toilettentisch. Jack betrachtete ihn erstaunt und nahm langsam den Hut ab.

«Michael, bitte, sag mir, was passiert ist.»

Sie griff nach der Puderquaste und führte sie langsam über Gesicht und Hals.

«Michael?»

«Bist du fertig?»

«Stört es dich, wenn ich mich ein bisschen zurechtmache? Ich bin um sieben Uhr verabredet und muss gleich wieder fort.»

«Du wirst eben zu spät kommen müssen.»

«Aber Himmel, so sprich doch endlich.»

Sie sprang auf, lief zu ihm hin und warf sich neben ihm auf das Bett. Er drehte sich zu ihr herum und packte sie hart bei den Schultern. Seine Augen waren ganz rot.

«Jack?»

«Ja?»

«Jack?»

«Aber um Gottes willen. Was ist mit dir?»

Er ließ sie los.

«Pfui!», sagte er.

«Michael?»

Ihre Augen weiteten sich verwirrt, entsetzt. Sie richtete sich auf und schlang den Arm um ihn.

Er stieß sie weg.

«Sag mir, ob –»

«Was?»

«Ist es wahr, dass du, dass du – o Jack, dass du June gebeten hast – –»

«Was?»

«Hast du mich belogen? Ist es wahr, das, was June erzählt, dass du nicht so warst, wie du es vorgabst zu sein, dass du – –»

Sie fiel wie tot in die Kissen zurück.

«Hast du mit Leslie Waddington in näherer Beziehung gestanden?»

«Ja.»

«Hast du mich auch sonst belogen?»

«Ja.»

«Hast du June gebeten, den Klatsch, der um dich herumlief, auf sich zu nehmen?»

«Ja.»

«Danke, das genügt!»

«Michael?»

Er stand auf.

«Also aus – alles aus.»

«Michael.»

Sie keuchte. «Michael. Hör doch! Um Gottes willen, Michael.»

Sie stürzte auf ihn zu und umklammerte ihn.

«Lass mich los! Hörst du? Ich will mit dir nichts zu tun haben. Lass mich. Hörst du nicht?»

«Michael, Michael.»

Er machte Miene, aus dem Zimmer zu gehen.

«Hör mich an! Du kannst mich nicht so verdammen. Hörst du? Ich liebte dich, Michael – ich – –»

«Ich will nichts von dir wissen.»

«Michael, aber, aber – verstehst du denn nicht? Ich liebte dich, ich konnte nicht mehr ohne dich leben.»

«Sei still!», schrie er.

«Bitte, bitte, lass mich dir alles erklären, Michael, oh!»

Er sah von oben herab auf sie hinunter.

«Hast du nicht einmal Stolz?», sagte er scharf. «Nicht einmal so viel Stolz, dass du dich jemandem an den Hals wirfst, der dir nicht glaubt, der dich nicht will?»

Sie erblasste noch tiefer.

«Michael», sagte sie langsam und erhob sich schwerfällig. Er trat auf die Tür zu.

«Verzeih mir», schrie sie, «Michael, du musst mir verzeihen!»

«Aber gerne», sagte er abwesend, «warum nicht?»

Sie presste die Hand auf den Mund.

Er kam zu ihr zurück.

«Wirklich, Jack. Jedes Wort ist unnütz. Ich sagte dir eben schon, was ich über dich denke. Keine Macht der Welt kann meine Meinung über dich ändern. Hörst du. Ich hoffe, dich nie wiederzusehen, denn, versteh mich recht, ich möchte nie mehr etwas mit dir zu tun haben, dich nie wiedersehen.»

«Du – du schickst mich fort?», stammelte sie fassungslos.

«Ja», sagte er kurz und warf die Tür hinter sich ins Schloss.

*

Junes Stimme an der Tür.

«Jack, um Himmels willen, schließe auf.»

Keine Antwort.

«Jack, Jack – mach auf, bitte. Michael ist eben fortgegangen.»

Schweigen.

«Jack, weinst du? Bitte, lass mich herein. O Jack, kannst du mir verzeihen?»

«Jack, ich flehe dich an. Ich konnte nicht anders. – Ich liebe Michael – – lass mich zu dir kommen.»

«Jack, deine Stimme.»

«Geh, June!»

«Jack, ach hör doch – ich – –»

Aber es kam keine Antwort. Erst nach einer ganzen Weile stahl sich June, leise vor sich hin weinend, aus dem Hause.

Jack lag ganz still in ihrem dunkelblauen Straßenkostüm auf der rosa Steppdecke. Die kleine Uhr auf dem Nachttisch tickte leise. Stunde um Stunde verging. Jack lauschte mit angespannten Sinnen auf jedes Geräusch. Sie musste mit Michael sprechen, sie musste ihm alles erklären. Er würde einsehen, dass ihre Lüge nur der Beweis ihrer Liebe war. Er musste sie verstehen.

Mitternacht.

Sie schlich sich hinüber in sein Zimmer. Das Bett war unberührt. Sie ging zurück in ihr Zimmer. Sie rückte den Stuhl an das Fenster, das nach der Straße ging, und blieb dort sitzen. Sie konnte nicht einmal mehr weinen, so erstarrt war sie. – Michael! Die ganze lange Nacht saß sie so. Den Kopf in beide Hände vergraben. Ab und zu stammelte sie den Namen des Mannes, den sie liebte. Obgleich ihr die Augen müde von aller Erregung fast zufielen, fand sie keinen Schlaf.

Morgen.

Michael war nicht heimgekommen. Plötzlich verstand Jack. Er würde das kleine weiße Haus nicht eher wieder betreten, bevor sie es nicht verlassen hatte. Das Blut flog ihr in das Gesicht. Sie trat vor den Spiegel und betrachtete sich, und dann lächelte sie leise.

*

«Mrs. Thomas. Herr.»

Waddington sprang ungestüm auf. Er schob James mit einer heftigen, erregten und ungeduldigen Bewegung beiseite und lief in die Halle.

Vor dem Kamin stand tatsächlich Jack. Sie trug den alten, dicken Kamelhaarmantel. Unordentlich sah der helle, blaue Schal über den Kragen. Sie hatte den Hut abgenommen und hielt ihn in der Hand wie ein armer kleiner Junge, der um einen Sixpence bettelt. Ihr Haar war wild, regennass und erweckte den Eindruck, als ob sie es seit zwei Tagen weder gekämmt noch gebürstet hatte.

Sie stand sehr still und sehr gerade. Augenscheinlich machte ihr diese Haltung Mühe, denn sie hielt die Augen geschlossen, und der Kopf hing etwas müde auf die Schultern herab. Sie trug die roten, hohen Russenstiefel, die sie so liebte, weil sie es ihr ermöglichten, unbekümmert in alle Pfützen hineinzutapsen. Aber der linke Strumpf war über dem Knie aufgerissen.

«Hallo», schrie Leslie, «Jack, du hier? Herrlich.»

«Ja, herrlich», entgegnete Jack, ohne sich zu rühren,

aber sie lächelte dabei. Plötzlich drehte sie sich mit einem Ruck um.

«Michael und ich lassen uns scheiden», sagte sie.

«O Liebling.» Leslie stand jetzt neben ihr. Einen Augenblick schien es ihm, als schwanke Jack. Ihr Gesicht war sehr blass, und er sah das Klopfen ihres Herzens an dem erregten Auf und Ab ihrer Kehle.

Er legte seine Hand leicht auf ihre Schulter. Sie ließ es unbeachtet.

«Ich bin so müde, so furchtbar müde, Leslie.»

Das schmale blaue Tuch glitt von ihrem Halse und fiel zu Boden. Weder Waddington noch Jack bückten sich, es aufzuheben.

«Geh schlafen, Liebling», sagte Waddington. «Dein Zimmer ist fertig, es war immer fertig für dich, Jack. Ellen wird dir ein Bad einlaufen lassen und Tee bringen.»

«Ich will nicht baden und will keinen Tee.» Ihre Stimme war trotzig, als ob sie am liebsten mit den Füßen aufgestampft hätte.

«Gut, gut. Jack, schon gut. Wenn du im Bett liegst, dann komm ich, und du erzählst mir dann alles.»

«Da gibt es nichts zu erzählen, Leslie. Weißt du nicht, dass es ganz einfach up to date ist, sich nach einem Jahr wieder zu trennen? Na also. Und abgesehen davon, mag ich nicht mehr reden. Ich will schlafen, Leslie. Versteh das doch.»

Leslie schwieg. Er kannte Jack und wusste, jedes weitere Wort würde sie nur noch ungeduldiger und verdrießlicher machen. Sie wandte sich von ihm fort und stieg langsam die breite Treppe hinauf. Auf dem ersten Absatz drehte sie sich um. «Morgen reiten wir, Leslie», sagte sie. Leslie hob den Kopf. So ernst, als gäbe er ein Versprechen, wiederholte er:

«Ja, Jack. Morgen reiten wir.»

Eine Stunde später klingelte er nach Ellen:

«Schläft die gnädige Frau?»

«Ja, Herr. Ganz fest.»

«Danke.»

Auf Zehenspitzen schlich er den Flur entlang und in ihr Zimmer. Jack schloss nie ab. Auch heute war die Tür offen. Er trat behutsam ein und trat an ihr Bett.

Im Schimmer der kleinen Gasflamme des Kamins sah er auf dem Nachttisch eine Flasche Wodka. Sie war fast leer.

«Sie muss aus der Flasche getrunken haben», dachte er, sich vergebens nach einem Glase umsehend.

«Mein Gott, trinkt Jack jetzt?»

Sie lag zusammengekauert in dem breiten Bett. Auf der Steppdecke waren ein paar Fotografien ausgebreitet. Er war indiskret genug, sie in die Hand zu nehmen. Er fand sein eigenes Bild, Lionel Clarks, Pete Stuarts und das Michaels.

«Armer Michael», murmelte er, «ich hätte es dir sagen können, dass du Jack nicht länger als ein Jahr halten konntest. Armer Michael Thomas. Es ist immer schwer, einen Menschen zu verlieren. Ich kann dich schon verstehen, wie bitter dir ein Leben ohne Jack scheinen muss. Wie wirst du dich bemüht haben, sie zu halten. Was für Kämpfe haben sich wohl abgespielt in diesen Tagen, wo Jack dir gesagt hat, dass sie wieder frei sein will und von dir fortgehen muss.»

«Armer Michael.»

*

Jack erschien erst zum Lunch. Sie steckte bereits in Breeches. Die schwarze Samtjoppe war bis zum Halse zugeknöpft. Sie hatte das Haar eng mit der nassen Bürste an den Kopf gelegt und sah aus wie in kleiner Junge. Er bemerkte, dass sie sehr sorgsam und gut geschminkt war. Sie sah herrlich ausgeschlafen und jung aus. Ihre Augen blitzten, und sie lachte beinahe über jedes Wort.

«Wir reiten gleich nach Tisch, ja?»

«Ich habe um fünf eine Verabredung.»

«Oh – macht nichts. Dann begleitest du mich bis zur Sprungschanze.»

«Gut.»

Sie steckte eine Weintraube nach der anderen in den Mund. Er freute sich über ihren Appetit.

«Jetzt bist du wieder die Alte», sagte er.

«Einen Mokka, James, bitte. Warum sollte ich nicht die Alte sein?»

«Gestern Abend – –»

«Ach, gestern. Weißt du, ich bin von Southampton nach London gefahren. Stuart holte mich ab. Das heißt, er erwartete Bekannte mit der Reliance, die nicht kamen. Er war mit dem Auto da und nahm mich mit. Übrigens hatten wir scheußliches Wetter auf der Überfahrt.»

«Seekrank gewesen?»

«Nein, Gott sei Dank nicht.»

«Du warst sehr müde?»

«Ja, sehr müde. Die letzten Tage in Berlin waren so anstrengend.»

«Das glaub ich. Michael und du, ihr werdet euch nicht gerade Witze erzählt haben.»

Jack nahm gedankenlos ein Stück Zucker nach dem anderen. Waddington merkte es nicht.

«Natürlich nicht. Weißt du, Leslie, es ist schrecklich schwer, einem Mann verständlich zu machen, dass man ihn nicht mehr liebt, nicht mehr mit ihm zusammenleben kann.»

«Es ist sehr schwer zu verstehen, dass eine Frau, die man liebt, einen verlassen will.»

«Hm. Nun, Michael stellte sich an wie ein kleiner Junge, weißt du.»

– Wie leicht das Lügen geht! –

«Er weinte sogar. Es ist schrecklich, einen Mann weinen zu sehen. Es widert einen an, verstehst du.»

«Wenn man ihn nicht mehr liebt.»

«Hm. Ich kam mir für Augenblicke sogar schrecklich herzlos vor.»

«Das nahmst du ihm übel?»

Sie lachte.

«Was für schöne Chrysanthemen.»

Sie deutete auf den gelben Busch, der in einer alten chinesischen Vase unter dem rechten Fenster stand.

«Es musste sein. Es ging nicht mehr so weiter. Hoffentlich habe ich keine Schwierigkeiten mit der Scheidung.»

«Was gibst du als Grund an?»

«Ich bat Michael, auf böswilliges Verlassen meinerseits zu klagen.»

«Er weiß nicht, dass du jetzt hier bist?»

«Nein.»

«Was wirst du tun?»

«Den Termin abwarten.»

«Und dann.»

«Ach, ich fahre nächste Woche nach Paris.»

«So.»

«Ich habe ein Rendezvous dort.»

Er sah sie fragend an.

«Ich erzählte dir doch von –»

«Hm, hm.»

«Hältst du mich nun für schlecht, kalt, herzlos? Sag einmal, Leslie.»

Er dachte an Michael.

«Auf jeden Fall hast du kein gewöhnliches Herz. Du bist – auch ich weiß nicht, Jack. Vielleicht kannst du nicht lieben.»

«Vielleicht.»

«Und irgendwo bist du ganz sicher kalt.»

«Mag sein.»

«Und irgendwie auch roh.»

«Roh?»

«Deine Egozentrik grenzt an Brutalität.»

«Oh!»

«Du bist das, was man einen Schürzenjäger nennt, ins Feminine übersetzt.»

«Nicht ganz, Leslie.»

Ein jämmerlicher Klang in ihrer Stimme ließ ihn aufhorchen. Er blickte sie an. Aber ihr Gesicht verriet mit keiner Miene, was sie dachte.

«Hast du mich eigentlich gern, Leslie?»

«Ich bin dein Freund», sagte er warm.

«Aus Anständigkeit?»

Er sah Michael Thomas' blasses, ernstes Gesicht in Gedanken vor sich.

«Ja», antwortete er.

Sie schwieg. Erst nach einer Weile sagte sie: «Du bist mein einziger Freund.»

«Ja?»

«Ich wundere mich, dass du es sein kannst. Die anderen halten mir keine Kameradschaft.»

«Vielleicht spielt ihre Freundschaft zu sehr ins Persönliche. Und du kannst auf die Dauer nicht verlangen, dass man unter dir leiden soll.»

«Warum? – Warum? Du leidest nicht mehr unter mir?»

«Nein, Jack.»

«Hast du mich damals eigentlich geliebt?»

«Ja, Jack.»

«Sehr, Leslie?»

«Zu sehr.»

«Und dann?»

«Dann sah ich ein, dass man dich nicht ernst nehmen darf, wenn man nicht kaputtgehen will. Man muss dich nehmen, wie du andere nimmst.»

«Du nimmst mich nicht ernst?»

«Nein, Liebling.»

«Danke, Leslie.»

«Siehst du das nicht ein, dass das eine Notwendigkeit ist, wenn man mit dir –»

«Ach, sprechen wir nicht darüber.»

«Wie du willst.»

«Jedenfalls danke ich dir für deine Freundschaft. Sie war mir sehr viel. Du bist sehr klug, Leslie.»

«Warum? Ich wollte dich nicht beleidigen, Liebling.»

«Sicher nicht.»

«Sag, warum du das für klug hältst?»

«Weil, weil – lassen wir es, Leslie. Es ist immer sehr klug, sich das Leben so bequem wie möglich zu machen.»

«Oho, Jack.»

«Komm, wir wollen reiten.»

Sie sprang auf, hakte ihn ein, und beide gingen auf den Hof hinaus. Der Stallknecht führte Queen Elisabeth und Mary Stuart vor.

Langsam ritten sie aus dem Gutstor, auf die Stoppelfelder zu. Einmal schlug Jack einen Galopp an, dann trabte sie schweigsam neben Waddington her, der tief in Gedanken versunken war.

Als sie an die Sprungschanze kamen, klangen die Turmschläge der kleinen Dorfkirche durch die klare Luft.

«Schon fünf Uhr.»

«Du musst heim?»

«Ich muss nach London hinein.»

«Ach ja, du sagtest es.»

«Ich bin gegen neun Uhr wieder hier.»

«Gut. Auf Wiedersehen, Leslie!»

«Auf Wiedersehen, Jack! Sei vorsichtig beim Springen!»

Er wandte das Pferd.

«Hallo!»

«Leslie, der Sattelgurt ist locker. Hast du ein Messer hier? Ich möchte mir noch ein Loch bohren.»

«Hier.»

Er griff in die Hosentasche und zog ein kleines goldenes Messerchen hervor.

Jack lächelte, und wenn Waddington nicht so überzeugt von ihrer Frische gewesen wäre, hätte er bemerkt, dass es ein sehr trauriges Lächeln war. «Ach, hast du es noch? Ich gab es dir vor zwei Jahren in Nizza. Weißt du noch? Im Ruhl. Beim dritten Male, seit ich dich kannte.»

«Natürlich weiß ich es, Jackie.»

«Man sagt immer, Messer zerschneiden die Freundschaft, nun, hier war es umgekehrt. Alter, lieber Leslie.»

«Liebling – ich wollte dir vorhin nicht wehtun.»

«Aber denke doch nicht mehr darüber nach.»

«Also auf Wiedersehen bis nachher!»

Er ritt schnell davon.

Einmal wandte er sich um und sah Jack neben Mary Stuart stehen. Der Wind spielte mit ihren hellen Haaren, die ihr jetzt unordentlich um den Kopf tanzten. Sie stand ganz schmal und klein in dem Gras der Wiese. Nur ihre weißen Breeches leuchteten.

*

Schon am Eingang des Dorfes kam ihm James entgegen. Waddington hätte ihn bald überfahren, und beim schnellen Bremsen schleuderte der Wagen ein bisschen.

«Nanu, James?»

«Herr, es muss ein Unglück passiert sein. Vor einer Stunde kam Mary Stuart ohne Mrs. Thomas in den Hof getrottet. Die Stalljungen suchen schon. Ich habe sie gleich mit Laternen weggeschickt. Wir wunderten uns schon, dass Mrs. Thomas gar nicht kam, als es immer dunkler wurde. Und nun – –»

«Steig ein, James.»

«Ja, Herr.»

«Wir fahren zum Sprungfeld. Ich sah Mrs. Thomas zuletzt dort.»

«Vielleicht ist es besser, erst nach Hause zu fahren.»

«Richtig.»

Ellen stand auf der hell erleuchteten Rampe, als sie vor dem Herrenhause hielten. Leslie ließ den Motor laufen und sprang heraus.

«Nun?», schrie er und merkte plötzlich, dass seine Stimme ganz heiser war.

«Noch nicht.»

Der Wagen sprang heulend an. Ab und zu schleuderte er schrecklich, denn Leslie fuhr quer über die Felder. Einmal rasten sie beinahe gegen einen einzeln stehenden Baum. James hielt sich mit beiden Händen an der Tür fest und atmete laut vor Furcht. Aber Waddington kümmerte sich den Teufel um die Empfindungen seines Butlers.

«Jack», dachte er, «Jack – Jack, mein Gott. Warum musst du auch so wild sein. So verdammt leichtsinnig reiten. Jack – Jack.»

Dann sah er die kleinen Lichtchen der Laternen und stoppte ab.

Es war die Stelle, wo er Jack verlassen hatte.

Jimmy stand da und hielt Jack auf den Armen. Ihr Gesicht war blutüberströmt, und es bedurfte nur eines Blickes, um festzustellen, dass sie tot war.

«Hier, Herr.»

«Ja –»

John kam heran. Er schwenkte den kleinen, abgenutzten Sattel in der Hand.

«Herr, der Sattelgurt muss gerissen sein.»

Waddington, der noch am Steuer saß, nahm ihn mit beiden Händen und betrachtete ihn.

«Wahrscheinlich», sagte er kurz. Und dann: «Bringen Sie Mrs. Thomas heim, ja. James, telefonieren Sie einen Arzt an.»

Er sah der kleinen Kavalkade nach, die langsam und schweigend davonging. Jimmy und John trugen Jack. Wichtig und gravitätisch ging James mit der Laterne vor ihnen her und leuchtete ihnen den Weg.

Leslie Waddington saß noch immer am Steuer seines Wagens.

Er hatte den Kopf an das kühle Holz des Steuerrades gestützt, und die Gedanken tobten hinter seiner Stirn. Der gestrige Abend fiel ihm ein. Jacks verstörtes Wesen, ihr armes, bleiches Gesicht, das Loch im Strumpf über dem linken Knie.

«Um Gottes willen», sagte er laut vor sich hin, «um Gottes willen.»

Und plötzlich langte er nach der Taschenlampe in der Seitentasche des Wagens. Er sprang hinaus. Er brauchte nicht lange zu suchen. Zwei Schritte weiter lag das kleine goldene Messer, und wie es da im Scheine der Batterie blinkte, schien es nicht verloren, sondern ganz einfach fallen gelassen worden zu sein.

Waddington beugte sich und hob es auf. Als er es nachdenklich über die Hand gleiten ließ, fühlte er auf einmal einen leichten Schmerz. Er hatte sich geschnitten. Und da gewahrte er plötzlich, dass man es gar nicht wieder zugeklappt, sondern ganz einfach mit offener Schneide fortgeworfen hatte.

* * *

«Ein seltsames Gemisch aus moderner Sachlichkeit und veralteter Romantik»

NACHWORT VON
MAGDA BIRKMANN

Jack Mamroth, die junge, emanzipierte und vor allem sprunghafte Heldin von Katrin Hollands Debütroman *Man spricht über Jacqueline* (1930), ist eine typische Vertreterin der «Girls», die so zahlreich die Romane aus der Zeit der Weimarer Republik bevölkern: selbstbewusst, burschikos, knabenhaft schlank mit Bubikopf, Krawatte und stets einer Zigarette im Mundwinkel, auto- und sportbegeistert und auch sexuellen Abenteuern alles andere als abgeneigt. Ihre zahlreichen Eskapaden «genügte[n] natürlich, um Jack in einen gewissen Ruf zu bringen, sie in eine bestimmte Kategorie junger moderner Frauen einzureihen – und Jack – Jack war riesig stolz darauf.» Die Liebe ist für sie ein reiner Zeitvertreib, ein Spiel, bei dem sie allein die Regeln macht, ohne Rücksicht auf die vielen gebrochenen Herzen, die sie dabei zurücklässt. Bis sie durch Zufall den Schriftsteller Michael Thomas kennenlernt, einen Mann mit altmodischen Moralvorstellungen, der Frauen von Jacks Typ, «die um alle Dinge Bescheid wissen und die es auch so offiziell bekennen», verachtet. Spätestens seit Shakespeares Dramen werden in Liebeskomödien immer wieder ähnliche Figurenkonstellationen und Handlungselemente aufgegriffen – seien es die zwei ungleichen Schwestern, von denen eine unschuldig-naiv und schüchtern und die andere lebenslustig, unangepasst und alles andere als auf den Mund gefallen ist, sei es das Liebespaar, bei dem er seine Frau zu erziehen, wenn nicht gar zu «zähmen», sie hingegen ihren Mann zu mehr Gelassenheit und Spontaneität zu verleiten versucht, bis das Paar sich in der Mitte trifft. Wer mit solchen Mustern vertraut ist, wird bei Beginn der Lektüre von Katrin Hollands Roman womöglich eine recht klare Vorstellung davon haben, in welche Richtung sich die Geschichte entwickeln könnte. Auch der flotte Erzählton Hollands suggeriert uns zunächst, dass wir es hier mit einer kurzweiligen romantischen Verwechslungskomödie zu tun haben, an deren Ende sich alle Missverständnisse zwischen den Figuren in Wohlgefallen auflösen, das Liebespaar dem «Happily ever after» entgegensteuert und wir Leser:innen das Buch mit einem Gefühl behaglicher Zufriedenheit ins Regal zurückstellen können. Dass solch ein komödientypisches Happy End für die Geschichte der zwei ungleichen Mamroth-Schwestern und deren Liebe zu Michael Thomas durchaus naheliegend gewesen wäre, bezeugen auch die beiden Verfilmungen des Romans, die in den Dreißiger- und Vierzigerjahren in Deutschland und in Großbritannien entstanden. Sowohl das 1937 uraufgeführte Filmmelodram *Man spricht über Jacqueline* des deutschen Regisseurs Werner Hochbaum – mit Wera Engels und Sabine Peters als die Schwestern Jacqueline und June sowie Albrecht Schoenhals als Michael Thomas – als auch der eindeutiger als romantische Komödie angelegte britische Film *Talk about Jacqueline* aus dem Jahr 1942 – Regie führten Harold French und Paul L. Stein, in den Hauptrollen spielten Carla Lehmann, Joyce Howard und Hugh Williams – enden jeweils mit einer Aussöhnung des Ehepaars Jacqueline und Michael, die einander ihre Vergangenheit und ihre Intrigen verzeihen. Katrin Holland wurde von späteren Kritiker:innen hin und wieder vorgeworfen, ihre Schriftstellerinnenkarriere auf allzu schematischen Liebesgeschichten aufgebaut zu haben. Besonders bei ihren Frühwerken handle es sich um «hauptsächlich romantische Erzählungen, in denen es um eine Liebesaffäre geht, die an einem gesellschaftlichen oder psychologischen Hindernis zu scheitern droht. Doch das Problem wird jedes Mal bewältigt, und die Geschichte geht gut aus», schreibt beispielsweise der Literaturwissenschaftler Jerold Wikoff in einem Porträt der Autorin, ohne allerdings auf auch nur einen dieser frühen Romane inhaltlich einzugehen. In Wahrheit gestaltet sich die tragische Liebesgeschichte, die die junge Schriftstellerin uns in ihrem ersten Roman erzählt, wesentlich komplexer als von Kritikern wie Wikoff oder den Verfilmungen suggeriert. Denn *Man spricht über Jacqueline* ist ein Roman, in dem nicht nur Figuren mit sehr unterschiedlichen Charaktereigenschaften und Moralvorstellungen, sondern vor allem auch zwei völlig verschiedene, kaum miteinander vereinbare Liebesmodelle aufeinanderprallen.

Schriftsteller der Romantik wie Friedrich Schlegel reagierten auf die radikalen gesellschaftlichen Veränderungen ihrer Zeit, in der die Leute durch Säkularisierung, zunehmende Maschinisierung der wirtschaftlichen Produktion und weitreichende Veränderungen der Arbeitswelt von ihren Mitmenschen entfremdet und in ihrem Selbstbild erschüttert wurden. Sie entwickelten eine neue Vorstellung von Liebe als einer Art Religion, mit deren Hilfe Individuen ihr fragmentiertes Selbst zurück in eine stabile Identität überführen könnten. Dies sollte durch den wechselseitigen Perspektivwechsel und das einfühlsame, vollkommene Verstehen gelingen, die eintreten, wenn zwei Liebende einander die eigenen Lebensgeschichten erzählen. «Damit diese individualitätskonstituierende Liebe Bestand hat, darf sie nicht länger einer Passion, einer Krankheit, einem Ausnahmezustand gleichen, den es zu überwinden gilt. Die romantische Liebe ist die ewige Liebe. Sie ist unendlich und hat weit über den physischen Tod hinaus Bestand», beschreibt die Literaturwissenschaftlerin Elke Reinhardt-Becker das romantische Liebesparadigma. Demgegenüber stellt Reinhardt-Becker das «radikale Gegenmodell», das die Autor:innen der Neuen Sachlichkeit in den Zwanzigerjahren geradezu als «Negation der romantischen Liebe» entwickelt haben: eine Liebe, die endlich und nicht unbedingt exklusiv ist, die nebensächlich, kameradschaftlich und eher kühl daher kommt. «Es geht nicht darum, das Gegenüber zu verstehen, sondern um den gemeinsamen Genuss der schönen Seiten des Lebens […]. Ziel ist nicht die Konstruktion von Individualität, sondern die Steigerung des Wohlbefindens.»

Auf den ersten Blick vertritt Jack, die rücksichtslos mit den Herzen der Männer spielt, ohne dabei jemals tiefere Bindungen einzugehen, eindeutig das sachliche Liebesmodell, doch die Charakterisierung aus der Sicht ihres ehemaligen Geliebten und späteren Verbündeten Leslie deutet an, dass sie keinem der beiden konkurrierenden Liebesmodelle eindeutig zuzuordnen ist: «Jack war ein seltsames Gemisch aus moderner Sachlichkeit und veralteter Romantik. Sie verstand es auf eine sehr angenehme Weise, die neue Sachlichkeit auszunutzen, indem sie vergnügt dem Leben abgewann, was ihr Freude versprach, und erst romantisch wurde, wenn sie innerlich versagte.» Dieses innerliche Versagen stellt sich schnell ein, als sie auf den von altmodischen Liebes- und

Moralvorstellungen geprägten Michael trifft und sich entgegen aller Vernunft – denn die Unterschiede zwischen ihnen beiden stehen ihr von Anfang an klar vor Augen – unsterblich in ihn verliebt. War sie zuvor noch stolz darauf gewesen, ein rücksichtsloser «Vamp» zu sein, muss sie nun feststellen, dass auch sie ein Herz besitzt, das sich nach der «großen, einzigen, wahren Liebe» sehnt. Michael, dem die freizügigen, emanzipierten «neuen Frauen» sehr suspekt sind, schreckt vor Jacks in seinen Augen viel zu offensiven Annäherungsversuchen zunächst zurück. Erst als sie sich zurücknimmt und ihm die Führung überlässt, meint er in ihr die reine, unschuldige und vor allem unberührte Frau zu erkennen, die seinem romantisch-patriarchalischen Liebesideal entspricht und die in ihrer vollkommenen Hingabe an ihn dazu fähig wäre, ihn «wieder zu dem zu machen, der er früher gewesen war». Dass sein Bild von Jack pure Illusion ist, ist nicht nur uns Leser:innen, sondern auch ihr selbst deutlich bewusst. Jack weiß, dass sie den geliebten Mann verlieren wird, sobald er die Wahrheit über sie erfährt. Doch Jack ist so «irrsinnig» vor Liebe, dass sie Michaels Heiratsantrag dennoch akzeptiert und in Kauf nimmt, sich in der Ehe mit ihm immer mehr selbst verleugnen zu müssen. Denn Michaels Forderungen an die einzig wahre, ewige Liebe gehen über das von den Romantiker:innen des 19. Jahrhunderts vertretene Ideal noch hinaus: Statt einem wechselseitigen Perspektivwechsel verlangt er die völlige Übernahme seiner eigenen Perspektive durch seine Frau. Jack soll fühlen, was er fühlt, denken, was er denkt, nur so können sie in seinen Augen den Gleichklang ihrer Seelen erreichen. «Man muss auf sich selber verzichten, nur ihm leben können. Bedingungslos, vollkommen.

Man kann ihm ein paar Jahre voller Intensität anbieten, die schlägt er aus. Er ist wie ein Junge, der sich das ganze Leben eines Menschen wünscht und noch immer daran glaubt, es eines Tages geschenkt zu bekommen.» Dass auch Jack diese Rolle nicht auf Dauer erfüllen kann, erkennt Michaels Ex-Frau Shirley schon bei ihrer ersten Begegnung und warnt ihre Nachfolgerin davor, sich beim Versuch dabei selbst zu verlieren. Doch Jack ist in ihrem Liebeswahnsinn so verblendet, dass sie alles daransetzt, Michaels ebenso wahnwitzige Forderungen zumindest dem Anschein nach zu erfüllen, und ist dafür sogar bereit, den guten Ruf ihrer geliebten Schwester zu opfern. Auch Junes eigene Bereitwilligkeit, das Eheglück ihrer Schwester aus Liebe zu einem Mann zu zerstören, scheint einer wahnhaften Passion zu entspringen. Beide Schwestern rechtfertigen ihre Taten – Jack die Lüge, June die Wahrheit – mit der Gewalt ihrer Liebe. Das Projekt der Ich-konstituierenden romantischen Liebe ist am Ende des Romans jedoch für alle drei Protagonist:innen gescheitert – als Jack durch den Zusammenbruch ihres Lügenkonstrukts sowohl ihren Mann als auch ihre Schwester verliert, sieht sie keinen Sinn mehr in ihrem Leben und wählt den Suizid als einzigen Ausweg. Auf der Basis von Wahnsinn ist auf Dauer keine Liebe möglich. Ob Joe Lederers *Mädchen George*, Irmgard Keuns *Gilgi* oder Marieluise Fleißers *Mehlreisende Frieda Geier* – für viele Heldinnen in anderen Erfolgsromanen der Neuen Sachlichkeit endeten die Liebesgeschichten ebenfalls alles andere als glücklich. Gerade die Romane von Autorinnen jener Zeit erzählen oft detailliert von den inneren Konflikten der sogenannten «neuen» Frauen, die sich im Zwiespalt zwischen Rationalität und Emotionalität, zwischen dem Kampf um Emanzipation und dem Wunsch nach romantischer Hingabe wiederfinden. Für die jungen Romanheldinnen stellt die Liebe immer auch eine Frage nach der eigenen Identität dar, in der Konfrontation mit dem ihnen machtvoll entgegentretenden männlichen Du droht ihr eigenes weibliches Ich gänzlich in Besitz genommen zu werden. Diesem Ich-Verlust vermögen die Protagonistinnen nur durch die Trennung vom Geliebten (wie bei Keun und Fleißer) oder gar den eigenen Tod (wie bei Lederer) zu entrinnen. Auch in Katrin Hollands Debüt wird am Ende die Liebe an sich zum Problem.

Katrin Holland war nur eines von mehreren Pseudonymen einer Autorin, die sich selbst immer wieder neu erfand. Sogar über das Geburtsjahr der als Heidi Huberta Freybe zur Welt gekommenen ältesten Tochter des Rostocker Majors Paul Freybe und der Kaufmannstochter Paula Vick existieren widersprüchliche Quellenangaben, sie wurde entweder am 8. September 1914 oder aber – was als wahrscheinlicher zu betrachten ist – am 8. September 1910 geboren. Die Vermutung, dass die Autorin und ihr Verlag zum Erscheinen ihres Debütromans 1930 aus Marketinggründen einige Lebensjahre unterschlugen, liegt nahe – schließlich dürfte das literarische Debüt einer 16-Jährigen noch einmal deutlich mehr Aufmerksamkeit erregt haben als das einer 20-Jährigen. Ihre Schulausbildung absolvierte Freybe u. a. in England, Frankreich, Italien und der Schweiz, was ihr nicht nur sehr gute Fremdsprachenkenntnisse – insbesondere des Englischen – sondern auch eine frühe Unabhängigkeit von familiären Bindungen einbrachte. Im Alter von 16 Jahren ging Freybe, die schon in jungen Jahren zu schreiben begonnen hatte, mit dem Ziel, Redakteurin zu werden, nach Berlin. Dort fand sie jedoch zunächst nur als ungelernte Arbeiterin in einer Chemiefabrik Anstellung. Nachts widmete sie sich dem Romanschreiben, kassierte für ihre ersten Manuskriptversuche allerdings ausschließlich Absagen, bis sie schließlich Manfred George, den Feuilletonchef der Berliner Abendzeitung *Tempo*, von *Man spricht über Jacqueline* überzeugen konnte. Der Text erschien zunächst als Fortsetzungsroman in der vom Ullstein Verlag verlegten Zeitung, bevor er 1930 von selbigem auch in Buchform herausgebracht wurde. Der Roman, der wie auch die späteren ihrer auf Deutsch verfassten Romane unter dem Pseudonym Katrin Holland erschien, machte die junge Frau über Nacht zum Star. Wie ein Meteor sei sie damals am Himmel des Hauses Ullstein erschienen, heißt es in einem späteren Porträt der Autorin in der deutsch-jüdischen Exilzeitung *Aufbau* aus dem Jahr 1944: «‹Wie›, so fragte man sich damals, ‹ist es möglich, dass eine so junge Autorin, von der man noch nie etwas gehört hat, mit so fertigen, geschliffenen Dingen an die Öffentlichkeit tritt, und außerdem über eine so märchenhafte Technik verfügt?›» Angesichts des plötzlichen Erfolgs gab Holland ein in der Zwischenzeit begonnenes Universitätsstudium wieder auf, um sich ganz dem Schreiben zu widmen. In den nächsten zwei Jahren bereiste sie als freie Reporterin des Ullstein Verlags ganz Europa und veröffentlichte zahlreiche Reportagen in Publikationen wie der *Vossischen Zeitung*, *Tempo* oder der *Grünen Post*. In diese Zeit fällt auch ihre erste Eheschließung mit dem Juristen Joseph M. Loewengard. Noch bis 1935 erschienen Hollands nächste Romane, darunter *Unterwegs zu Alexander* (1932), *Die silberne Wolke* (1933) oder *Babett auf Gottes Gnaden* (1934), im Berliner Ullstein Verlag, obwohl deren Autorin, aufgrund der sich abzeichnenden politischen Lage in Deutschland nervös geworden, bereits vor 1933 das Land verlassen hatte. Holland ließ sich in Norditalien auf der Insel San Giulio im Ortasee nieder und veröffentlichte ab 1935 ihre Romane (darunter *Das Frauenhaus*, *Carlotta Torresani* sowie ihr letzter auf Deutsch verfasster Roman *Einsamer Himmel*) im Schweizer Orell Füssli Verlag. Während ihrer Zeit im italienischen Exil trat Holland in Kontakt mit verschiedenen kleinen Untergrundorganisationen, die es sich zur Aufgabe gemacht hatten, gefährdeten Personen die Flucht aus Deutschland zu ermöglichen. Hollands Villa am Ortasee diente dabei als Zwischenstation für die Geflüchteten und auch sie selbst unternahm Mitte der Dreißigerjahre mehrere Reisen zurück nach Deutschland, um Geld und gefälschte Dokumente zu transportieren. Als Holland auf einer dieser riskanten Reisen beinahe gestellt wurde, suchte sie zunächst in den Niederlanden Schutz, bevor sie nach England weiterreiste – dort bot ihr ein Freund an, sie zu heiraten, um ihr zu einem britischen Pass zu verhelfen. Mithilfe dieses Passes emigrierte Katrin Holland schließlich Ende der Dreißigerjahre in die USA, wo sie nach ihrer Erlangung der amerikanischen Staatsbürgerschaft 1947 den Rest ihres Lebens verbringen sollte. Hollands Emigration markierte dabei nicht nur einen geografischen Übertritt, sondern auch den Beginn einer neuen Phase ihres schriftstellerischen Schaffens und den Aufbau einer neuen Autorinnenidentität. Den Kontakt zu den europäischen Widerstandsgruppen hatte sie inzwischen verloren und auch zu den verschiedenen Verbänden deutscher Emigrant:innen in den USA pflegte sie keine Beziehungen. Stattdessen lebte sie, nach kurzen Zwischenstationen in Hollywood und in New York, zurückgezogen auf einer kleinen Farm in New Jersey, die sie günstig erworben hatte, und konzentrierte sich fortan ganz auf den literarischen Markt ihrer neuen Heimat. «Sie ‹liest› Amerika – seine Geschichte, seine Zeitungen, und seine Romane, und sie vergleicht die Technik seiner Autoren mit der eigenen», wie es in Vera Craeners Porträt Katrin Hollands aus dem Jahr 1944 heißt. Holland, die seit ihrer Kindheit mit der englischen Sprache eng vertraut war, begann nun selbst auf Englisch zu schreiben, und mit dem Sprachwechsel ging für sie auch ein Themen- und Genrewechsel einher. Lag der Erfolg ihrer früheren, unter dem Namen Katrin Holland publizierten Romane laut eigener Aussage darin begründet, dass diese ihren Leser:innen durch die romantischen Plots eine Flucht aus der Realität ermöglichten, hatten ihre neuen Werke eine dezidiert politische Zielsetzung: Sie sollten ihre «Waffe» im Kampf gegen den Faschismus sein. Als ihr Hauptanliegen als Autorin bezeichnete sie dabei das Thema der persönlichen Freiheit, für dessen Auslotung das Krimigenre in ihren Augen einen besonders brauchbaren Rahmen bot. 1942 erschien ihr erster auf Englisch verfasster Roman *No Surrender*, ein im holländischen antifaschistischen Widerstand angesiedelter Spionagethriller mit romantischem Subplot, zunächst als Fortsetzungsroman im *Post Magazine*, bevor er noch im selben Jahr als Buch beim Verlag Little, Brown and Company veröffentlicht und ein großer Verkaufserfolg wurde. Als neues Pseudonym hatte sie den Namen Martha Albrand gewählt, abgeleitet vom Namen eines Vorfahren, unter dem sie bis zu ihrem Tod noch über weitere 20 dem Krimi- und Thrillergenre zuzuordnende Romane veröffentlichen sollte.

Während dabei bis in die frühe Nachkriegszeit das nationalsozialistische Regime und dessen Schergen die häufigsten Widersacher ihrer Protagonist:innen darstellten, verschob sich Albrands Fokus in ihren Büchern ab 1950 eher auf die gesellschaftliche Bedrohung, den der Kommunismus in ihren Augen darstellte. Für ihren Roman *After Midnight* wurde sie 1950 mit dem Grand prix de littérature policière, einer der bedeutendsten Auszeichnungen für Werke der Kriminalliteratur, ausgezeichnet. Über ihren Tod am 24. Juni 1981 hinaus erfreuten sich Martha Albrands Werke international großer Beliebtheit, auch ins Deutsche wurden viele von ihnen übersetzt. Katrin Hollands frühe Romane aus ihrer Berliner Zeit hingegen waren da schon lange in Vergessenheit geraten, keiner von ihnen war seit dem ursprünglichen Erscheinen in den Dreißigerjahren je wieder neu aufgelegt worden. Das mag zum einen darin begründet sein, dass die Autorin selbst ihre deutsche Vergangenheit so vollständig hinter sich gelassen und in Übersee einen kompletten Neuanfang gewagt, dass sie die Rolle der Katrin Holland zugunsten ihrer neuen Identität als Martha Albrand endgültig abgelegt hatte. Ein weiterer Grund mag in der Geringschätzung liegen, die «reinen» Liebesromanen in der Literaturwissenschaft und -kritik bis heute häufig entgegengebracht wird und die sich auch in den wenigen (und äußerst knappen) literaturgeschichtlichen Auseinandersetzungen mit Katrin Hollands bzw. Martha Albrands Werk mehrfach beobachten lässt. Dabei ist ein Roman, der von den Geschlechterkonflikten und veränderten

Rollenerwartungen an Männer und Frauen in Zeiten großer gesellschaftlicher Krisen und Umbrüche erzählt, natürlich nicht weniger politisch relevant als Albrands spätere Bücher über antifaschistische Widerstandskämpfer:innen – ganz im Gegenteil haben leider beide Themen in der heutigen Zeit wieder an trauriger Aktualität gewonnen.

rororo
Entdeckungen

Stella Benson, Zauberhafte Aussichten
Christa Anita Brück, Ein Mädchen mit Prokura
Laurie Colwin, Familienglück
Liesbet Dill, Tagebuch einer Mutter
Katrin Holland, Man spricht über Jacqueline
Siân James, Ein Nachmittag im Mai
Angelika Mechtel, Das gläserne Paradies
Louise Meriwether, Eine Tochter Harlems
Mary Renault, Freundliche junge Damen